JN143184

谷崎潤一郎文学の着物を見る
耽美・華麗・悪魔主義
大野らふ＋中村圭子 編著
河出書房新社

目次

第3章 谷崎文学の魅力

はじめに

現代人が戦前の文学になじめなくなっている理由のひとつは、着物を表現する言葉がわかりにくいことです。着物の用語が現代人にはピンときません。ファッションは文学を楽しむための重要な要素ですが、着物の描写がわからなくては、文学を十分に楽しむことができません。

谷崎潤一郎（たにざきじゅんいちろう）の「細雪（ささめゆき）」は着物を愛する女性のあいだでバイブルのように読まれる作品です。映画や舞台に見る、女優の華やかな着物姿に惹（ひ）かれる人が多いようですが、大方は小説の描写とはかかわりない着物が用いられています。

本書では谷崎自身が「細雪」の女性たちの着物姿をどのように想定していたのか、モデルになった女性の写真や文章をもとに、あらためて検証し、再現しました。他にも魅力的な女性の登場する谷崎作品を選んで、ヒロインの着物姿に迫ってみました。あわせて、作品それぞれのあらすじを挿絵とともに紹介します。

二〇一五年（平成二七）は谷崎潤一郎没後五〇年、二〇一六年は谷崎潤一郎生誕一三〇年にあたります。この二年間は「谷崎イヤー」として、各地で催しが計画され、連携しながら谷崎文学の継承が行われます。

これを機に谷崎作品にふれた方は、その作品世界のユニークさ、華麗（かれい）さに驚かれることでしょう。発表当時は何かと物議（ぶつぎ）をかもすことが多かった谷崎作品ですが、現代人はこだわりを持たずに、興味深くおもしろく読めるはずです。

・本書で紹介する着物は、谷崎潤一郎やその家族の写真、谷崎の文章や挿絵、作品の舞台となった時代風俗を手がかりにスタイリングしたものです。
・着物の監修とスタイリング　大野らふ（O）
・作品のあらすじ・コラム・挿絵セレクト　中村圭子（N）

第1章 細雪

「細雪」の見どころのひとつが、登場する女性たちの華やかな着物姿。
しかし、谷崎潤一郎自身が思い描いていた着物は
どのようなものだったのでしょう？
着物の描写部分やモデルになった女性たちの写真を手がかりに、
探ってみました。

谷崎夫人をはじめ、その姉妹が「細雪」のヒロインのモデルとなった。
1940年（昭和15）の京都平安神宮で。右から松子37歳、恵美子11歳、信子30歳、重子33歳。ぴったり「細雪」の主人公たちと同じ年齢だ。

松子（右）
薄い色合いの地色に植物の柄が影のように染められた着物と黒地の絵羽織（えばおり）。写真では春蘭（しゅんらん）だろうか、本物の着物は影絵のような草花。その雰囲気は出せたように思う。幸子のモデルとなった松子はマダム然とした艶やかさだ。（着物、帯、羽織：昭和初期）

恵美子（左）
黄緑地のやさしい色合いに桜、藤など春の花が描かれたかわいらしい着物。まだ11歳なので肩揚げもしてある。恵美子は幸子の娘・悦子のモデル。恵美子は谷崎の実子ではなく、松子と前夫・根津清太郎とのあいだに生まれた娘。（着物、帯とも：昭和初期）

佳き人のよき衣つけて
寄りつどふ
都の嵯峨の花ざかりかな

姉妹が京都へ花見に出かける場面は「細雪」の象徴的なシーンだ。美しい姉妹が連れ立って歩くさまは映画に必ず登場する。小説でも花見を楽しみにしている様子が描かれている。

もう早くから、――あのお水取の済む頃から、花の咲くのを待ち設け、その時に着て行く羽織や帯や長襦袢（ながじゅばん）の末にまで、それとなく心づもりをしている様子が余所目にも看て取れるのであった。

常例としては、土曜日の午後から出かけて、南禅寺の瓢亭で早めに夜食をしたため、これも毎年欠かしたことの

● **信子**（右）
江戸紫地に花亀甲の綸子（りんず）の着物に別珍(べっちん)の華やかなショールを羽織った信子。「細雪」の妙子同様奔放な女性だったようだ。（着物：昭和初期～中期、帯：昭和初期～中期）

● **重子**（左）
鳩羽紫の着物は薄茶色で牡丹の花が染められた散歩着というタイプの着物。灰色地の単衣（ひとえ）の羽織を合わせて。やさしい色合いが似合う重子は雪子同様しとやかな雰囲気。（着物、帯、羽織とも：昭和初期）

京都へ花を見に行くことを、
ここ数年来欠かしたことがなかつたので、
いつからともなくそれが一つの
行事のやうになつてゐた。

ない都踊を見物してから帰りに祇園の夜桜を見、その晩は麩屋町の旅館に泊って、明くる日嵯峨から嵐山へ行き、中の島の掛茶屋あたりで持って来た弁当の折を開き、午後には市中に戻って来て、平安神宮の神苑の花を見る。

写真を見ると、着物の柄に桜は見当たらない。花見ということで桜を避けたのだろうか？　ただ、松子が選んだ娘・恵美子の着物には菊の柄もあり（五頁参照）、季節にこだわった様子がない。四人ともさまざまな花の柄を身につけている。それより目をひくのが姉妹それぞれの個性だ。お雛様のような似た顔立ちでいて、身長も、かもしだす雰囲気も異なる姉妹。引きたて合いながら、それぞれの個性もちゃんとある。着物も姉妹それぞれの自分らしさで選んでいるように見える。戦争の足音が聞こえはじめていた一九四〇年（昭和一五）、四人の観桜会はさぞ周囲の注目を集めたことだろう。　（O）

「中姉ちゃん、その帯締めて行くのん」
「あの時隣に腰掛けてたら、
中姉ちゃんが息すると
その袋帯がお腹のところで
キュウ、キュウ、云うて鳴るねんが」
「それが、微かな音やねんけど、
キュウ、キュウ、云うて、
息する度に耳について難儀したことがあるねんわ、
そんで、その帯、音楽会にはあかん思うたわ」

帯と似た雰囲気の蝶の刺繍が入った楊柳（ようりゅう）の半衿（はんえり）をたっぷり見せて合わせた。この時代、松子は半衿を多めに出しているので、松子の装いに合わせて。

この挿絵は1970年（昭和45）に刊行された『細雪』のために日本画家小倉遊亀（1895～2000年［明治28～平成12］）が描いたもの。他に『少将滋幹（しょうしょうしげもと）の母』の挿絵も小倉遊亀が描いている。

「帯がキュウ、キュウ鳴る」の場面は、仲のいい姉妹を象徴する一幕だ。次女幸子の着物の支度を四女妙子が手伝っているときは、三女雪子の縁談について。雪子が入ってくると、帯の柄や地質についておしゃべりが始まる。幸子の帯を見て、雪子が「微かな音やねんけど、キュウ、キュウ、いうて、息する度に耳について難儀したことがあるねんわ」。妙子が別の帯を選び、締め直すと「――この帯もあかん」。

「何でやろ、これもやわ」
「ほんになあ、うふふふふ」
幸子のお腹のあたりが鳴る度に三人が引っくり覆って笑った。

昭和初期のお嬢さんたちのやりとりはなごやかな時間を感じさせる。「観世水の模様の」、「露芝のんは」などいろいろな意匠が出てくるが、最後に幸子が締めた帯は「又別な帯」としてしか説明されていない。ただ、のちに「細雪」が単行本として出版されたと

波のような抽象柄が斜めに入り、中央に大きな蝶が染められた染め名古屋帯と、紅葉の柄の紋錦紗の着物。着物も帯も挿絵よりも華やかだが、大胆な柄のほうが似合う、と夫に言われる幸子ならなんなく着こなしてしまうはず。（着物、帯：昭和初期）

「そんでも折角聴きに行くのんに、あんな音が耳についたらどうにもならへんもん」
「ああ忙しい。解いたり締めたり何遍もせんならん。汗掻いてしもたわ」
「阿呆らしい、うちの方がしんどいがな」

きに、日本画家・小倉遊亀が描いた挿絵には大きな蝶が横を向いた帯の柄が描かれている。着物は暗紫色に紅葉や松葉が染められたもの。小倉遊亀の絵はリアルな意匠が描かれていることが多いので、実際にモデルを置いて描いたものかもしれないが、戦前の柄というより一九六〇年代（昭和三五〜）の好みに近い。

　写真では時代をさかのぼり、昭和初期の着物で近い柄を探した。帯の蝶は挿絵と近い雰囲気。着物は同じ紅葉柄だが、関西好みの少し大きめの意匠。二十代にしか見えない、と評される幸子にはちょうどいい華やかさだ。（O）

こっくりした紫地に、思ひ切つて大柄な籠目崩しのところどころに、萩と撫子と、白抜きの波の模様のあるもので、彼女の持つてゐる衣裳の中でも、分けて人柄に嵌まつてゐるものであつたが、これは今度のことが極まると同時に東京へ電話を懸け、態々客車便で取り寄せたのであつた。

こっくりした鳩羽紫地に大きな撫子と白抜きの波の模様の薄物。秋草の刺繍の帯を合わせたら華やかだが、楚々（そそ）とした雪子のイメージに近づいた。（着物：昭和初期、帯：大正末期〜昭和初期）

雪子さんが
今年厄年になられると云ふことばかり
頭にあつたので、
あんなにお若く見えるとは思つてもゐなかつた、
あれなら世間は廿四五で通るから、
年齢の注文にも嵌まつてゐるやうな
ものではないか、……

岐阜の親戚の家に姉妹で「蛍狩り」に出かける、そのときの雪子の衣裳がこの着物だ。蛍狩りにしてはよそいきにも感じるが、実はこの岐阜旅行は雪子の見合いも兼ねている。華やかな着物を着た雪子を評し「これを三十三の厄年の人と見る者はないであろう」という記述がある。

「若いでっしゃろ」

「――雪子ちゃんの年で、あれだけ派手なもん着こなせる人はあれしませんで」

と幸子は自慢げに答えている。

どんな縁談にもあまり気乗りしない表情の雪子だが、今回は嫌がるそぶりを見せなかった。華やかな着物を選んでいることからも、この縁談には乗り気だったのがわかる。相手は再婚とはいえ、名古屋でも屈指の富豪。おとなしそうでいて気位の高い雪子にとって、満足できる条件だったはずだ。ただ、見合いの席で相手は雪子に興味を示さない。岐阜でも「あんなにお若く見えるとは思ってもいなかった。あれなら世間は廿四五で通るから」と言われたが、その少し前から雪子の左目の横に薄いしみが浮くことを、幸子は心配していた。結局、この縁談は先方から断りが入る。これまでの縁談はすべて雪子から断っていたので、「始めて此方が『敗者』の烙印を捺される側に立たされたこと」になるわけだ。　（O）

刺繍の丸帯を合わせている。萩、女郎花（おみなえし）、桔梗、撫子など秋草だけではなく、虫籠の刺繍も施されたもの。薄い色合いは、色の白い雪子を美しく見せてくれる色合いではないかと思う。

オーガンディーや、ジョウゼットや、コットン・ボイルや、
ああいうものを単衣に仕立てることが
ポツポツ流行ってきましたけれども、
あれに始めて目をつけたものは私たちではなかったでしょうか。
――「痴人の愛」

ジョーゼット素材は柄としても当時ファッショナブルなものが中心。薄手のジョーゼット素材の着物に絽の帯を合わせて。涼しげな睡蓮（すいれん）と鯉、帯も睡蓮で水辺の風景を。姉妹でいえば、幸子向きの大人っぽいコーディネート。（着物、帯：昭和初期）

ジョーゼットという着物地は現代の着物では存在しない。着物を知っている人ほど、ジョーゼットという素材に違和感を持つはずだ。ところが、「痴人の愛」を読むと、その謎が少し解ける。

近頃でこそ一般の日本の婦人が、オーガンディーや、ジョウゼットや、コットン・ボイルや、ああいうものを単衣に仕立てることがポツポツ流行ってきましたけれども、あれに始めて目をつけたものは私たちではなかったでしょうか。ナオミは奇妙にあんな地質が似合いました。

アンティーク着物を扱っていると、ジョーゼットの着物を手にすることがある。少し薄めのやわらかいシルク素材で、そのほとんどに友禅（ゆうぜん）などで上質の染めが施されている。ドレス地のシルク・ジョーゼットから転用し、珍しい着物地として流通するようになったものではないかと思う。

当然のようにジョーゼットの着物を紹介する「細雪」と、ナオミのために古典的な着物ではつまらないからジョーゼットを着物にする、という「痴人の愛」の主人公譲治。二つの小説は時代に一五年ほどの開きがある。奇をてらって身につけた大正末期と、保守的にも映る雪子がジョーゼットを身につける……何気ない着物の描写でさえ、時代の変化が浮き彫りになる。

（O）

細面の、淋しい目鼻立のやうだけれども、
厚化粧をすると実に引き立つ顔で、
二尺に余る袖丈の金紗とジョウゼットの
間子織（あいのこおり）のやうな、単衣と羅衣（うすもの）の
間着（あいぎ）を着てゐる——

「細雪」

● 幸子
幸子は雪子より少し華やかで、でも妙子のように派手好みではない、落ち着いた着こなしに。染めの麻の葉に桜の柄の着物にやさしい色合いの纐纈（こうけち）の丸帯を合わせた。（着物、帯：昭和初期）

谷崎は「細雪」の中で姉妹を執拗に描写している。身長や顔立ち、着物の好み、性格まで念入りに描いているが、それが周囲から浮き立つように華やかだとほめたたえているので、初めて松子姉妹の写真を見たとき、着物がおとなしく感じた記憶がある。それが彼のイマジネーションの世界、反対に、筆の力によるものなのだろうが、谷崎の文章から彼女たちの着物を考えてみた。

三人の個性がていねいに書かれた箇所がある。（O）

……一番背の高いのが幸子、それから雪子、妙子と順序よく少しずつ低くなっているのが、並んで路を歩く時など、それだけで一つの見物なのであるが、衣装、持ち物、人柄、からいうと、一番日本趣味なのが雪子、一番西洋趣味なのが妙子で、幸子はちょうどその中間を占めていた。顔立なども一番円顔で目鼻立がはっきりしてい、体もそれに釣り合って堅太りの、かっちりした肉づきをしているのが妙子で、雪子はまたその反対に一番細面の、なよなよとした痩形であったが、その両方の長所を取って一つにしたようなのが幸子であった。

そういう雪子も、見たところ淋しい顔立でいながら、不思議に着物などは花やかな友禅縮緬の、御殿女中式のものが似合って、東京風の渋い縞物などはまるきり似合わないたちであった。

美しき
姉妹三人（おとどいみたり）居ならびて
写真とらすなり
錦帯橋の上、……

妙子［右］
いちばん西洋趣味な妙子らしくインパクトの強い赤と黒で合わせた。赤い地色に白の矢羽根（やばね）との黒薔薇が奔放な彼女らしい装いに。（着物：昭和中期、帯：昭和初期）

雪子［左］
日本趣味な雪子にはあまり大柄は使わず上品な桜や藤の着物や帯を合わせた。着物は萌黄（もえぎ）地にやさしいオレンジ色の七宝（しっぽう）柄と春の花。（着物、帯：昭和初期）

世を忍びつつ逢っていた時代の陰翳を、
今も家庭のどこやらに残しておきたかった。
何よりも私は、
世話女房というが如き存在を
家に持ち込みたくなかった。

——「雪後庵夜話」

大柄の矢絣のお召に染めの昼夜帯（ちゅうやおび）を合わせて。松子の写真は織りの帯を合わせているが、染めの帯でコーディネート。写真と同じように矢羽の帯締めでまとめて。（着物、帯：昭和初期）

1937年（昭和12）頃、谷崎と松子が暮らしていた倚松庵（いしょうあん）の庭で。左から谷崎の娘・鮎子、松子、重子、信子。撮影したのはカメラに凝っていた谷崎。

この写真は松子と谷崎が一緒に暮らしはじめた打出の家の戸口で撮ったもの。1935年（昭和10）頃のものだ。大きな矢絣を着た松子は色っぽくて、どこか不良っぽい。谷崎の要求に応えた表情かもしれない。

◉森田松子（もりた・まつこ）
1903〜91年（明治36〜平成3）。根津商店の御寮人だった1927年（昭和2）に谷崎と知り合う。谷崎41歳、松子24歳であった。1935年（昭和10）に結婚し谷崎の三度目の妻となり、以後の生涯を連れ添った。出会いについては1925年（大正15）説もある。

松子たち姉妹は大きな柄の矢絣（やがすり）の着物をよく身につけていた。松子が谷崎と暮らしはじめた頃の写真には、大胆な矢絣の着物を着た彼女が少しアンニュイな表情を浮かべて写っている。また、重子が矢絣の着物を着て、恥ずかしそうにほほ笑む写真もある。

矢絣の着物は大正時代に女学生が身につけたことから大流行していたが、二人の矢絣は一般的に出回っていた柄より大柄に映る。今でも着物には関西好み、東京好みといわれるが、当時は東西で好みがはっきり違ったようだ。東京は江戸時代に派手な色柄を禁止されたこともあり、色も渋めで、縞や江戸小紋など小柄が中心。関西では大きな柄で、華やかな色合いが多かった。

大正時代末期、神戸に移住した谷崎は関西に残る風俗や習慣から日本の伝統文化に惹かれ、その作風を一変させた。松子にも関西の女性らしさを求め、松子が大きな柄の着物を身につけることを好んだという。小さな柄の着物は貞淑な印象を受けるが、大柄を着た松子の姿はどこか色っぽい。谷崎の随筆「雪後庵夜話」の中にこんな箇所がある。

世を忍びつつ逢っていた時代の陰翳を、今も家庭のどこやらに残しておきたかった。何よりも私は、世話女房というが如き存在を家に持ち込みたくなかった。

ちなみに、重子の着物は松子のものと柄の大きさや色のコントラストがそっくりだが、衿元の柄を見ると別の着物らしい。矢絣の着物は着る人によって、少し妖しげにも、やさしげにも見える。その人を映し出す着物のようだ。（O）

細雪

『中央公論』1943年(昭和18)1・3月に初めて登場したが、以後の掲載を禁じられる。

あらすじ

雪子は蒔岡家の三女。次女・幸子と夫・貞之助夫妻の家に同居しており、幸子の娘で姪の悦子を可愛がっている。雪子は控えめすぎるせいか、縁談がなかなか決まらず、夫妻をやきもきさせている。

一方四女の妙子は、人形作家としても活躍し、仕事場に部屋を持っているが、やはり幸子の家で過ごすことも多い。妙子は、活発で現代的。異性関係も華やかで、次々と恋愛問題を起こす。

幸子は雪子の見合いの手配に奔走し、妙子の事件の後始末をし、姉妹の世話に忙しい毎日を送っている。

しかし、とうとう雪子の結婚が決まり、婚礼のしたくが始まってみると、姉妹が一緒に過ごせる時には限りがあることを思い、一日一日と日が過ぎていくことに寂しさを覚えるのだった。

Column

戦中、軍部からにらまれながら執筆

谷崎が妻・松子、松子の娘や妹たちとともに暮らした日々の出来事をもとに書かれた作品。作中の時期は一九三六〜四一年(昭和一一〜一六)で、大阪の商家に育った姉妹の、衣食住に関する心模様や季節の行事が情趣豊かに語られ、華やいだ雰囲気に満ちている。

発表が開始されたのは、一九四三年(昭和一八)の『中央公論』。日本は一九四一年(昭和一六)から太平洋戦争に突入しており、陸軍報道部から、戦前の豊かで華やかな生活を描いた本作は「時局と合わない」と掲載を禁止された。

谷崎は発表の場を失ってからも執筆を続け、一九四四年(昭和一九)七月に「上巻」を自費出版して知人に配り、同年一二月には「中巻」の原稿を脱稿したが、軍部から印刷配布を禁じられた。

その後、疎開先を転々としながらも、原稿は書き継がれ下巻が完成されていった。

終戦後の一九四六年(昭和二一)からようやく単行本の刊行が可能となるや、たちまち評判となり、一九四七年(昭和二二)には毎日出版文化賞を、一九四八年には朝日文化賞を受賞した。(N)

＊19〜24頁掲載の絵は『日本の文学』第24巻 1966年(昭和41)中央公論社 田村孝之介／画

◉田村孝之介(たむら・こうのすけ)
1903〜86年(明治36〜昭和61)、大阪府生まれ。太平洋画会研究所、信濃橋洋画研究所で学ぶ。1974年(昭和49)二紀会理事長、1985年(昭和60)文化功労者。裸婦、風景画を描く。

いつも音楽会といえば着飾って行くのに、分けても今日は個人の邸宅に招待されて行くのであるから、精一杯めかしていたことはいうまでもないが、折柄の快晴の秋の日に、その三人が揃って自動車からこぼれ出て阪急のフォームをかけ上るところを、居合す人々は皆振り返って眼をそばだてた。

昨日の夕方、雪姉（きあん）ちゃんと元町を歩いて、スズランの店先で西洋菓子を買っていると、雪姉ちゃんがにわかに慌て出して、「どうしょう、こいさん、――来たはるねんわ」というのであった。「来たはるて、誰が来たはるねん」と聞いても、「来たはるねんが、来たはるねんが」と、ソワソワしているだけなので、何のことやら分らずにいると、奥の喫茶室で珈琲を飲んでいた一人の見馴れない老紳士が、その時つかつかと雪姉ちゃんの所へ立って来て、慇懃に挨拶をして、「いかがです、お差支えなかったらあちらでお茶でも差上げたいと存じますが、ちょっと十五分ばかりお附合いになって下さいませんか」というのであった。雪姉ちゃんはいよいよ慌てて、真っ赤な顔をして、「あのう、――あのう、――」とヘドモドするばかりなので、（後略）

◉ 阪神地方を大水害が襲った。妙子の通っている洋裁学校のあたりはとくに被害が大きくて、妙子も濁流に流されかけたが、知り合いの写真師の板倉に助けられた。

◉ 貞之助たちの隣にはドイツ人の一家が住んでいたが、戦争の気配が濃くなったので帰国することになった。姉妹はドイツ人の親子を横浜まで見送りに行ったついでに、時間に余裕があったので、東京の街を案内した。

雪子が縁側に立て膝をして、妙子に足の爪を切って貰っていた。
「幸子は」というと、
「中姉（なかあん）ちゃん桑山さんまで行かはりました。もうすぐ帰らはりますやろ」
と、妙子がいう暇に、雪子はそっと足の甲を裾の中に入れて居ずまいを直した。貞之助は、そこらに散らばっているキラキラ光る爪の屑（くず）を、妙子がスカートの膝をつきながら一つ一つ掌（てのひら）の中に拾い集めている有様をちらと見ただけで、また襖を締めたが、その一瞬間の、姉と妹の美しい情景が長く印象に残っていた。そして、この姉妹たちは、意見の相違は相違としてめったに仲違いなどはしないのだということを、改めて教えられたような気がした。

◉ 水害で助けられて以来、妙子は板倉と付き合っていた。しかし板倉は耳の手術の際に医者の手落ちで悪性の菌に冒され、命を落とすはめに陥った。幸子が板倉の入院先を見舞う。病院は侘しい通りに建っていた。

◉ 雪子の何度目かの見合いのため、姉妹は名古屋に出かけた。訪ねた先の家で姉妹は蛍狩りを楽しんだ。

……遠く、遠く、川のつづく限り、幾筋とない線を引いて両側から入り乱れつつ点滅していた、幽鬼めいた蛍の火は、今も夢の中にまで尾を曳いているようで、眼をつぶってもありありと見える。……（中略）蛍につられてつい離れ離れになるので、始終呼び合っていないと、闇に取り残されてしまう心配があった。幸子はいつか雪子と二人だけになっていたが、向う岸でこいちゃんこいちゃんといっている悦子の声と、それに答える妙子の声がとぎれとぎれに、……少し風が出て来たので、……聞えたり消えたりした。

◉ 妙子は板倉に死なれ、以前交際していた奥畑と再び付き合いはじめた。それは、お手伝いのお春が奥畑の家の近くで妙子に出会ったことで発覚した。

◉ 再び雪子に縁談があり、今度こそうまくいくかと、幸子と貞之助は期待をかける。しかし雪子の極端に引っ込み思案な性格が災いして破談となる。周囲の落胆をよそに、雪子一人、残念がるふうもないのを見て、幸子はため息をつく。挿絵は見合いの相手の製薬会社近辺の風景。

● 妙子は奥畑の家で病に倒れ、容態が悪くなったので、幸子がかかりつけの医者を手配した。
病後の養生に寝ている妙子のもとに奥畑が訪ねてくる。

乙女(おとめ)時代から好んで波瀾重畳の生き方をした妹であるだけに、(中略) 全く彼女一人だけが、平穏無事な姉たちの夢にも知らない苦労の数々をし抜いてきているので、もう今までに罰は十分受けているともいえるのである。幸子は自分や雪子であったら、とてもこれだけの苦労には堪えられないであろうと思うと、この妹の冒険的生活に感心する気にもなるのであったが、(後略)

● 貞之助は妹たちの身に起きた事件で疲れた妻を慰労しようと、妻とともに新緑の河口湖畔に出かけた。ホテルでリラックスした夫婦の会話。

「あんた、……面白いことがあるねんわ、……、ちょっと、これ見てごらん。……」(中略)
幸子はベッドの上に上半身を起して、枕元の卓上にある、側がニッケルでできている魔法瓶の表面を眺めているのであった。
「……ちょっと、まあここへ来てごらん。……この表面に映ってるのんを見たら、まるでこの部屋が広大な宮殿みたいに見えますねん」

第2章

谷崎潤一郎の人生と作品

谷崎作品の大部分は、
彼自身の体験をもとに書かれています。
ここでは、作品のあらすじとともに、
創作の源となった彼の人生をたどっていきます。
数多い作品群から、
挿絵とともに紹介できるものを中心に選びました。

谷崎潤一郎と妻・松子。1934年（昭和9）5月頃。

5歳。幼稚園に通っていた頃。

幼少期からデビューまで

谷崎潤一郎は、一八八六年（明治一九）現在の東京都中央区日本橋人形町に父・谷崎倉五郎、母・関の長男として生まれた（先に男の子がいたが早産で死亡のため届けは出されなかった）。

谷崎には六人の弟妹がおり、実家に経済力がなかったため、作家になってからは親に代わって彼らの生活のめんどうをみなければならなかった。耽美的な作品で世間にもてはやされた華やかさの陰には、長男の責務から借金を重ねる生活があったのである。

祖父・久右衛門は商才に長け、活版所・点燈社・洋酒店などを成功させ、一代で財を成した。その娘である谷崎の母・関は評判の美人で、美人絵草紙の大関にされたほどであった。母に寄せる思慕は谷崎文学の源泉となった。父・倉五郎は婿養子として谷崎家に入り、分家したが、商運がなく、谷崎が幼い頃まで裕福に暮らしていた一家はしだいに貧困に陥っていった。

小学校に入学した頃の谷崎は人見知

1897年（明治30）。次弟・谷崎精二と。精二はのちに作家・英文学者となり、早稲田大学の教授を務めた。エドガー・アラン・ポーの翻訳で知られる。

りが激しく、乳母が見えないと大泣きするような子どもで、最初の一年を落第した。しかし次の年からはめざましい秀才ぶりを発揮し、尋常高等小学校では担任の稲葉清吉から特別に「論語」や「雨月物語」などの古典を教授され、神童とまで言われた。生涯、谷崎は稲葉を師と仰いだ。

　家の経済的事情では中学校への進学はかなわず、父は谷崎を丁稚に出すつもりだったらしい。しかし谷崎の優秀さを惜しんだ周囲の援助で東京府立第一中学校（現・日比谷高校）に進学した。中学時代の谷崎は精養軒主人・北村重昌の家に書生兼家庭教師として住み込み、自ら学費を工面した。

　東京府立第一高等学校の二年のとき初恋を体験する。相手は北村家に小間使いとして来ていた穂積フクで、彼女にあてた恋文がもとで北村家を追われ、一高の寮に入った。

　高等学校では習作を『校友会雑誌』に発表。

　東京帝国大学に入った頃には明確に小説家をめざしていたが、自然主義文学全盛の時代であり、傾向の異なる谷崎の作品はなかなか認められなかった。

　しかし第二次『新思潮』の創刊に加わり「誕生」「刺青」等の作品を掲載。それを作家の永井荷風に激賞され、同時に『中央公論』の編集者・滝田樗陰の依頼を受けて「秘密」を執筆。華やかに作家デビューを果たした。（N）

Column 悪魔主義文学の旗手たらんと決意

谷崎が築地精養軒の北村家に家庭教師として住み込んだのは、一六歳のとき。府立一中に入学した翌年の一九〇二年（明治三五）六月である。同家を追われたのは一九〇七年（明治四〇）六月で第一高等学校二年の終わり。

原因は、箱根塔之沢の旅館の長女で北村家に小間使いとして来ていた穂積フク（福子）との文(ふみ)のやりとりから、恋愛関係が発覚したためであった。未婚男女の恋愛が厳格に戒められていた時代だったのである。本作は谷崎自身のこの間の出来事を、もとにした作品である。

当初、学識を積んで聖人になろうと決意していた谷崎が、自らの悪魔性に気づき、悪魔主義文学の旗手たらんと決意するにいたった心の推移を語った作品でもある。（N）

鬼の面

『東京朝日新聞』
1916年（大正5）1月～5月

あらすじ

秀才の誉れ高い壺井(つぼい)であるが、家が貧しくて進学できず、小学校を終えたら丁稚奉公(でっちぼうこう)に出されることになっていた。しかし教師が、学費援助をしてくれるという大店(おおだな)・津村(つむら)家を壺井に世話した。壺井は津村家に住み込み家庭教師をしながら通学することになった。

壺井は念願の進学を果たして嬉しく思ったものの、他家に住み込む生活は、思った以上に屈辱的なもので、プライドを傷つけられることばかりであった。そんな中で小間使いのお君(きみ)に恋をし、彼女が津村をやめたあとに恋文を送った。そのことが発覚して壺井は津村家を追われる。その頃壺井はすでに高等学校に進学していた。親は落胆(らくたん)したが、壺井はかえってせいせいし、窮屈な津村家に依存せず、自力で大学まで行こうと思った。

だが、あてにしていた小説の原稿は売れず、困窮(こんきゅう)しているところに中学の同窓生・芳川(よしかわ)と会い、金を借りた。以後、次々と友人から借金しては踏み倒す生活が続き、友人たちはかつての秀才の堕落(だらく)を嘆いた。

谷崎の初恋の人・穂積フク。

＊29～33頁掲載の絵は新聞連載時の挿絵
名取春仙／画

◉名取春仙（なとり・しゅんせん）
1886～1960年（明治19～昭和35）、山梨県生まれ。11歳のとき綾岡有真に師事、14歳で久保田米僊に学んだあと、福井江亭に洋画、東京美術学校にて日本画も学んだが、中退する。1909年（明治42）に東京朝日新聞社に入社、1913年（大正2）に退社するまでに夏目漱石の「虞美人草」「三四郎」などの小説の挿絵を描いたことが認められ、以後多くの挿絵を手がけた。

◉ 秀才の誉れ高い壺井であったが、家が貧しく、進学は無理だった。しかし壺井の優秀さを惜しんだ教師が、裕福な商家の家庭教師をしながら中学校へ通えるように算段してくれた。

◉ 進学できることは壺井にとって大きな喜びであったが、使用人として低く見られることに彼の自尊心は傷ついた。

一とたび学校の門をくぐれば、彼等も自分も一様の学生として平等な待遇を受けていながら、門の外には冷い世間の階級制度が待ち構えていて、自分はたちまち一介の玄関番に堕してしまう。彼の僚友が「若様」と敬われ、「坊っちゃん」と呼ばれて何不足なく暮らす間に、自分は彼等の奴婢にも等しい地位に蹐跼して、しかもその奴婢の仲間共から、さらに一層下級に属する人間の如く扱われている。

意志が弱ければ弱くてもいい。弱ければ弱いなりに、己はやっぱりえらい人間になって見せる。持って生れた欠陥を補おうなどと、無駄な努力をするよりも、ただ宿命の指図するままに情欲の海に溺れ、煩悩の炎に焼かれ、あらゆる苦悶と刺戟の中に転輾しつつ生をつづけて行きさえすれば、やがては真の天才の光が自分の素質から輝き出ずるに相違ない。土塊(つちくれ)の中から宝玉の研き出されるように、——そう思って、彼はつとめて自己の運命に信頼し、安心していた。

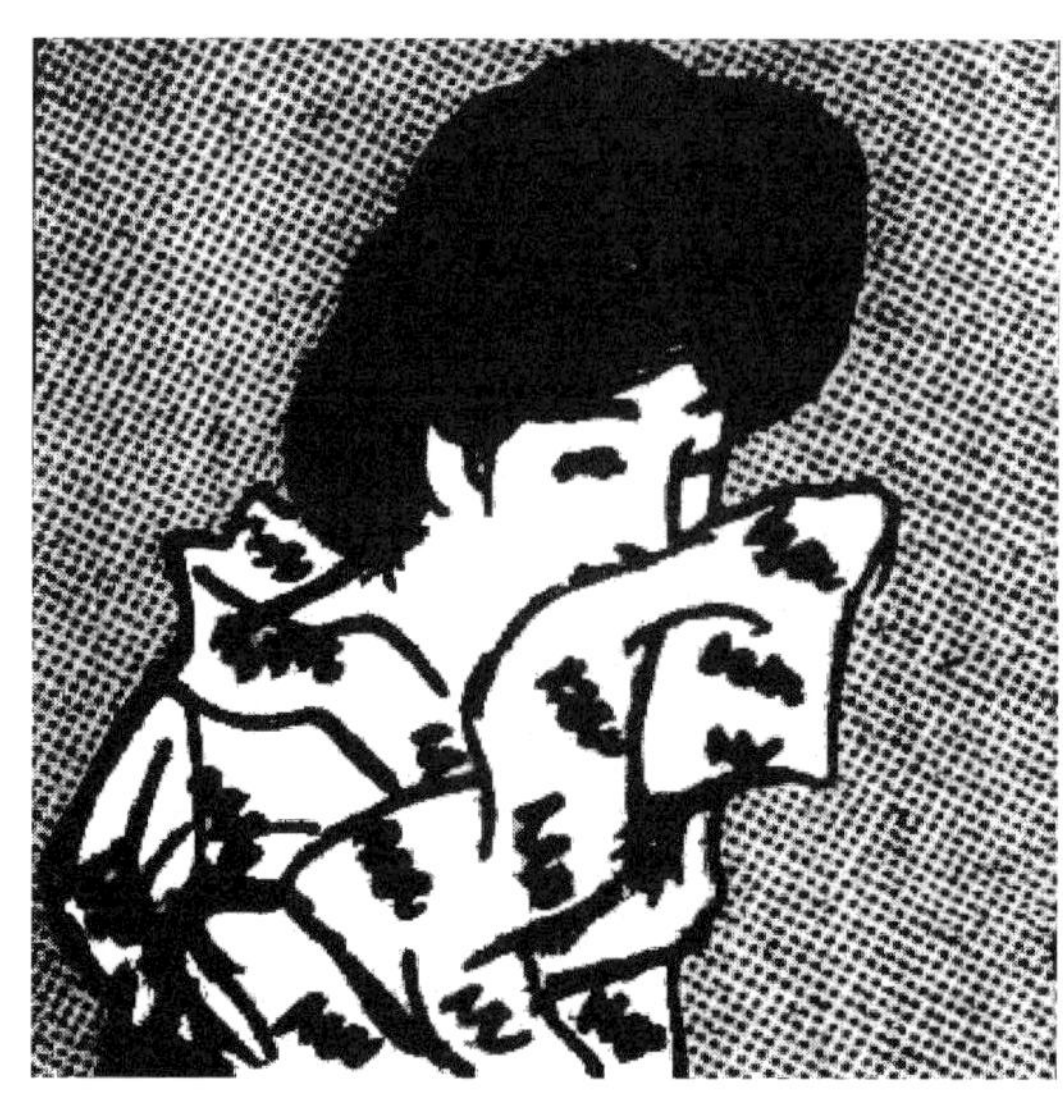

◉ 主人宅の令嬢・藍子は、大学生との恋愛が発覚しそうになるが、賢く立ち回ってごまかした。

「恋が彼女を利口にしたのだ。そうだ、それに違いない」

（中略）

それと反対に、己がこの頃だんだん馬鹿になって行くのは、やっぱり恋を知らないためなのだ。異性に対する快楽と慰安とがないために、己の肉体と精神とは次第に力を失って行くのだ。己に恋愛という心の糧を与えてくれたなら、あの忌まわしい習慣は直ちに根絶してしまうだろう。胸の中にわだかまっている侘びしい煩悶は一掃されてしまうだろう。恋をする者はそわそわとして心が落ち着かぬというけれど、少くとも自分は恋を知らないためにそわそわしている。恋を得たなら、自分は必ず落ち着いて勉強する気になるであろう。

◉ ある日壷井の父が津村に呼び出され「これ以上息子さんを世話することはできない」と言い渡された。小間使いのお君に恋文を送ったことが発覚したのである。

今になってあの当時のこと、――生れて始めて艶書というものを女の所へ書いて送った自分の動機を解剖して見ると我ながら不思議でたまらない。あの時自分は、あんな大胆な手紙を出さねばならぬほど、彼女を思い詰めていたのであろうか。「自分には偉大なる詩人文学者となるべき素質がある」という信念が第一の動力となり、「詩人は恋愛をしなければならぬ」という必要が第二の動力となり、「自分はあの女を慕うているらしい。そうしてあの女に手紙を出しさえすれば、きっと自分の胸中に恋の炎が燃え上がるに相違いない」という早合点が第三の動力となって、ただふらふらとあのような手段に出たものらしく想像される。

なるほど壷井はあの女が好きではあった。彼女が熱海から連れて来られて、駿河台の邸へ見えた時、壷井は何となく「このような女と恋をしたい」と考えたこともあった。さほどの美貌というのではないが、あどけない円顔にぱっちりとした無邪気な瞳を持ち、糸織の袷羽織に矢絣銘仙の綿入れを着て、初々しい高島田に結った娘らしい彼女の姿が、旧劇に出て来る八百屋お七のように、潔くうるわしく感ぜられたのも事実である。少くとも貧書生の彼にとっては、自分の手の届かない領域にいる藍子よりも、己れと同じ階級に住む娘の方が遥かに愛らしく見えたに違いない。

もし世の中に全知全能の神というものがあるとしたら、彼は決して壷井を善人にするつもりで作ったのではないであろう。壷井が悪人になったところで、神は必ず壷井を責めはしないであろう。（中略）
壷井に云わせると、「世の中には到底善人になり得ない性格がある」ということを証明するために、神が自分を生んだのであった。（中略）
神がその人を生んだからには、彼にも生れて生きて行くだけの意義があるに違いない。もしその人に何らか非凡な素質があるならば、彼はやっぱり悪人のままでえらくなろうと努むべきである。善人に善の世界があるように、悪人にも悪の世界があることを、飽くまでその人は主張すべきである。

壷井は芳川という同級生から借金をして踏み倒した。同窓会に集まった中学の友人たちの中にも同様な被害にあったと言う者が幾人かいた。教師が嘆きながら言う。

「君たちにまでそんな迷惑をかけていたか。あの男を買いかぶってあんなにしたのは私(わし)が一生の失策だった。あの男は非凡な天賦を持っていながら、才が徳に勝ち過ぎたので堕落してしまったのだ。一つは私の導き方が悪かったのだ」

羹(あつもの)

『東京日日新聞』1912年(明治45)7月～1912年(大正元)11月

新聞連載時は挿絵がなく、掲載の絵は『羹』扉絵 1912年(大正元)春陽堂 橋口五葉/画

あらすじ

「鬼の面」に描かれた主人公がお君に恋文を出した動機は、恋しさが募ってというより「文学者たるもの、恋愛をせねばならぬ。そのためには恋文を書かねばならぬ」という、文学への野心のほうが大きかった。しかしフクとの恋愛を書いたもうひとつの「羹(あつもの)」は、初恋の人を思う純情さにあふれた作品である。(N)

橋口五葉(はしぐち・ごよう)
1881～1921年(明治14～大正10)、鹿児島生まれ。橋本雅邦に日本画を、白馬会で洋画を学び、東京美術学校西洋画科を卒業後、版画を主に制作。1911年(明治44)の三越呉服店ポスターなど、図案の方面でも才能を示した。挿絵の作品に『ホトトギス』の表紙・挿絵、夏目漱石「吾輩は猫である」のカットなど。

あらすじ

大学生の章吉は、神経衰弱になり、転地療養のため、藍原の温泉宿に逗留することになった。そこで出会った綾子は、月の光を浴びると恋しい男を絞殺するという、美しき狂女であった。綾子は一年前に恋人を金の鎖を用いて殺す事件を起こしたのであるが、精神の病気ということで罪にはならなかった。

ある夜綾子は月の光に誘われるように宿を抜け出してさまよう。綾子の様子にあやういものを感じて追いかけた章吉は、見守るうちに彼女の妖しい美しさに魅せられていく。

藍原から東京に戻ってからも、章吉は綾子に会いたさのあまり、家を探しあてて訪ねて行った。章吉は綾子に激しく惹かれながらも怖れるが、月の美しい夜、綾子は章吉の首に金の鎖をかけるのであった。

月の囁き

『現代』1921年（大10）1・2・4月
＊34～37頁掲載の絵は雑誌連載時の挿絵
高畠華宵／画

◉高畠華宵（たかばたけ・かしょう）
1888～1966年（明治21～昭和41）、愛媛県生まれ。平井直水に日本画を学び、のち京都市立美術工芸学校（現・京都市立芸術大学）、関西美術院に転校。23歳のときに描いた津村順天堂の「中将湯」の広告絵を契機に、広く認められ、『少年倶楽部』『少女画報』『日本少年』などの口絵、挿絵を描く。

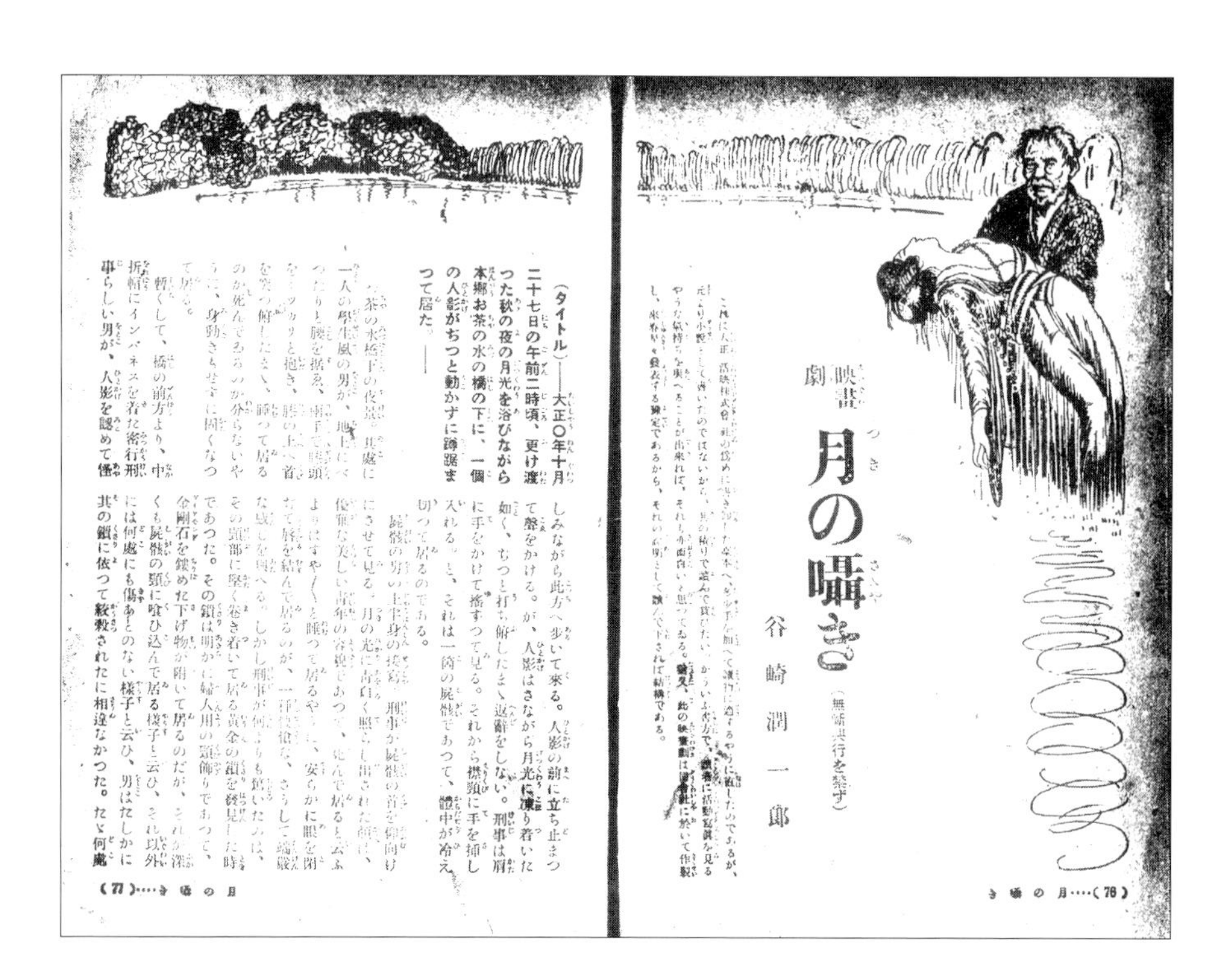

映畫劇
月の囁き
（無斷興行を禁ず）
谷崎潤一郎

これは大正活映株式會社の爲めに書き卸した脚本へ、多少手を加へて讀物に適するやうに直したのであるが、元より小説として書いたのではないから、其の積りで讀んで貰ひたい。かういふ書方で、讀者に活動寫眞を見るやうな氣持を與へることが出來れば、それも亦面白いと思つてゐる。猶又、此の映畫劇は同會社に於いて作製し、來春早々發表する豫定であるから、それの説明として讀んで下されば結構である。

月の囁き……（76）

（タイトル）――大正〇年十月二十七日の午前二時頃、更け渡つた秋の夜の月光を浴びながら本郷お茶の水の橋の下に、一個の人影がぢつと動かずに蹲踞まつて居た。――

お茶の水橋下の夜景。其處に一人の學生風の男が、地上にぐつたりと腰を据ゑ、兩手で膝頭をシツカリと抱き、膝の上へ首を突つ俯したまゝ、睡つて居るのか死んでゐるのか分らないやうに、身動きもせずに固くなつて居る。

暫くして、橋の前方より、中折帽にインバネスを着た密行刑事らしい男が、人影を認めて怪しみながら此方へ歩いて來る。人影の前に立ち止まつて聲をかける。が、人影はさながら月光に凍り着いたが如く、ぢつと打ち俯したまゝ返辭をしない。刑事は肩に手をかけて搖すつて見る。それから襟頸に手を挿し入れる。と、それは一箇の屍骸であつて、體中が冷え切つて居るのである。

屍骸の男の上半身の接寫。刑事が屍骸の首を仰向けにさせて見る。月の光に青白く照らし出された顏は、優雅な美しい青年の容貌であつて、死んで居ると云ふよりはすや／＼と睡つて居るやうに、安らかに眼を閉ぢて唇を結んで居るのが、一種神秘な、さうして端嚴な感じを與へる。しかし刑事が何よりも驚いたのは、その頸部に堅く卷き着いて居る黄金の鎖を發見した時であつた。その鎖は明かに婦人用の頸飾りであつて、金剛石を鏤めた下げ物が附いて居るのだが、それが深くも屍骸の頸に喰ひ込んで居る樣子と云ひ、それ以外には何處にも傷あとのない樣子と云ひ、男はたしかに其の鎖に依つて絞殺されたに相違なかつた。たゞ何處

（77）……月の囁き

温泉湯殿のガラス戸を透して、月の光が湯の面をはっきりと照らしている。女は湯につかって、うつ伏しになって背中へ一面に月光を浴び、両手を流しの板の間に投げている。首に掛けた金鎖と両手の指輪とが美しく輝く。やがて櫛をはずして湯の中で髪をときはじめる。

章吉の室内。章吉は部屋を立出でて女のあとをつけて行く。

温泉。髪を梳いていた女は、首の金鎖をはずして、それを両手に掬いながら、湯の中でぎらぎらと揺がしたり、高く差上げたりしている。

（中略）

その顔は全く別人の如き生々とした光に満ち、夢のような美しさが溢れている。

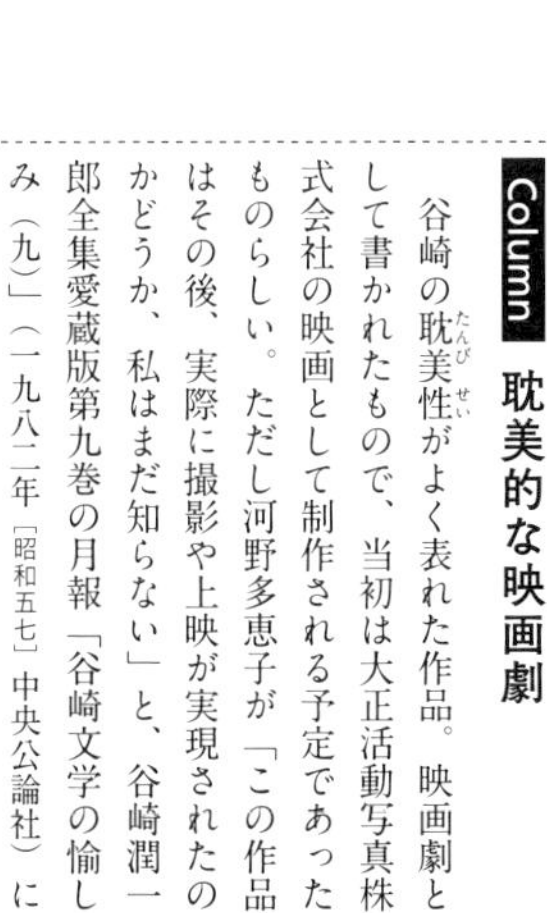

Column 耽美的な映画劇

谷崎の耽美性がよく表れた作品。映画劇として書かれたもので、当初は大正活動写真株式会社の映画として制作される予定であったものらしい。ただし河野多恵子が「この作品はその後、実際に撮影や上映が実現されたのかどうか、私はまだ知らない」と、谷崎潤一郎全集愛蔵版第九巻の月報「谷崎文学の愉しみ（九）」（一九八二年［昭和五七］中央公論社）に書いている。おそらく映画としては実現しなかったものと推測される。（N）

女は、ふと、浴室の方を見ると、月の光が一杯にさし込んでいるので思わずウットリとし、着物を脱ぐのも忘れてしまったように、そのまますするすると流しへ降りる。

（中略）

彼女はあたかも、そのガラス戸の外に、恋人が居て自分を手招きでもしているように、さもなつかしそうに笑っている。

（中略）

女は恋いしさに身を悶えるようなふうにしてガラス戸へ手をかける。ついにその戸をあける。それから、夢中でふらふらと戸の外へ歩み出る。章吉。C、U＊。何をするのだろう、いよいよ心配でたまらぬという顔つき。又はっとして女の跡を追う。（＊ Close up の略）

蓬莱山の下。ようやくそこまで辿り着いた女は、体力が尽きたように、とある岩の上へ体を投げかけ、満身に月光を浴びつつ仰向きに倒れて両手を一杯にひろげ、うとうとと眼をつぶって息をはずませている。髪の毛は乱れ、着物の襟はひろがり、帯は解けかかっている。

（中略）

章吉。C、U。章吉は手持ち不沙汰に立ちながら、坐っている女を見下ろしているのである。その表情は怪訝、憂慮、それから女の力強い美に誘惑される心持、その誘惑に抵抗せんとする煩悶。ついにほとんど征服された状態に推移する。彼は思わずも、よろめくように女の側へうずくまる。

あらすじ

小説家の添田と、もと医者で文学者の穂積は、親友同士であるが、二人とも朝子に惹かれ、互いに譲り合ったすえ、添田が結婚した。しかし、添田は新婚当初から女性関係や金銭のことで朝子を苦しめつづけた。穂積は朝子の惨状を見るにつけ、添田に譲ったことを後悔し、思いはさらに深まっていく。

添田は「朝子を慰めてくれ」と穂積に言い、二人の仲をたきつけるようなことまでするが、朝子を譲る気があるのかないのか、はっきりとしない。朝子もまた、穂積を頼りにし、惹かれている様子を見せながら、一方では添田の貞淑な妻に徹しようとしているようでもあり、はっきりしない。そんな夫婦との間で穂積は苛立ち、翻弄され、悲嘆にくれながらも、その苦しみを題材にした作品で、文学者としての頭角を現しはじめる。

神と人との間

『婦人公論』1923(大正12)1～5、7、8月～
1924(大正13)1～4、9～12月号

千代と鮎子（谷崎と千代の娘）。

◉石川千代子（いしかわ・ちよこ）
1897～1982年（明治30～昭和57）。群馬県前橋市で15～16歳頃芸者になったが、上京し、姉の初子のところにいた際、谷崎と出会って結婚。娘をもうけるが、谷崎は千代子の妹のせい子を溺愛する。1930年（昭和5）に谷崎と離婚し、文学者の佐藤春夫と再婚。その後生涯を連れ添った。

佐藤春夫一家。1932年（昭和7）、文京区関口の自宅で。左から鮎子、千代、方哉（春夫と千代の長男）、春夫。

Column 谷崎・千代・佐藤の三角関係

添田は谷崎、穂積は文学者の佐藤春夫、朝子は谷崎の最初の妻・千代がモデル。この三角関係は谷崎・佐藤それぞれの作品に何度か登場するが、それらの中で最も実際に近いのは、本作といわれる。

谷崎は千代と結婚後、夫人の妹・せい子をひきとり養育したが、おとなしい千代にあき足らず、奔放なせい子のほうに惹かれていった（せい子は「痴人の愛」のナオミのモデル）。佐藤がそのような事情を知って千代を心配するうち、二人のあいだに恋愛感情が生まれ、谷崎は千代を佐藤に譲ると約束するが、間際で取り消した。佐藤は怒り、二人は絶交する（一九二一年［大正一〇］小田原事件）。その後一〇年経った一九三〇年（昭和五）、千代は谷崎と離婚し、佐藤と再婚した。その際三人の連名で挨拶状を出し、新聞に取り上げられたため、「妻譲渡事件」として世間を騒がせた。（N）

＊40・42頁掲載の絵は『現代長編小説全集』1929年（昭和4）新潮社 中川修造／画

●中川修造（なかがわ・しゅうぞう）
1898～1991年（明治31～平成3）、大阪府生まれ。昭和初期に画家として活動したあと、建築デザイナーとして活躍。谷崎潤一郎と親交があった。1927～29年（昭和2～4）の間、谷崎作品の挿絵や装幀を多く手がけたが、それ以後は、建築デザイナーとなり、画家としての活動は見られない。

添田は女優の幹子と箱根へ行ったきり、家に戻らない。居場所を朝子に知られたくない添田は、穂積を介して金を送るよう朝子に伝える。家に金はなく、朝子は困惑する。

「手紙が？　何処から？」「箱根から来たんです。——おとといの晩出たっきり帰って来ないんだそうですね」

添田は女優の幹子に熱をあげ、二人でダンス場通いをしている。穂積はダンス場を覗き、その様子を朝子に伝える。

「僕ですか、僕はダンスと生れつき性が合わない。ハタがあまりけばけばしいんで変に圧迫されちまって、息が詰まるようになりますよ。だから見ていたって面白くもなんともない。気が滅入り込んで悲しくなって来るばかりだ。一度はいいが二度と行く所じゃありませんね」「でも何ですか綺麗な人たちが大勢いるんだそうですね？」「いたかも知れないが僕にはさっぱり分らなかった。僕はああいう所へ出ると眼が眩んでしまうんだから。……」「幹子さんはどんな着物を着ていらしって？　やっぱり洋服？」「いや、あの晩は和服でしたよ。何だか馬鹿に派手ななりでね、お召っていうんだか縮緬ていうんだかよく分らないが、まあそんなような振袖の着物を着て腕輪を嵌めて頸飾をして、盛んに踊っていましたっけ」「いいわねえ！　あたしほんとうにそういう人が羨ましいわ」「どういう人が？」と、穂積は咎めるように聞いた。「幹子さんのような人が。——陽気で花やかで、誰にでも好かれて、始終世の中を楽しく送って行けるんですもの。ほんとにそんな気象だったらいいと思うわ」

「手紙が？　何処から？」
「箱根から来たんです。
――一昨日の晩出たつきり
帰つて来ないんださうですね」

赤と黄色の薔薇と暗い青の葉がかわいらしい銘仙。ローズピンクの繻子地に薔薇と小鳥の刺繍が施された名古屋帯を合わせた。性格のいい、やさしい女性をイメージしてコーディネート。（着物、帯：昭和初期）

朝子は、華やかな女優・幹子のような女性が羨ましい、と穂積につぶやく。派手な振袖を着て、陽気に踊る幹子とは正反対の性格だ。

挿絵には薔薇の柄の着物を着た朝子が描かれている。大正末期、朝子が着る薔薇柄なら、銘仙がいちばんしっくりするだろう。その頃、銘仙は爆発的な人気で、織物生産量の約半数を占めていた。新奇をてらった色柄のものもあるが、もっとも多く出回ったのが、解し織りで落ち着いた色遣いのもの。朝子をイメージしたコーディネートでは明るめの納戸色に薔薇が織り出された銘仙を選んでみた。派手さはないが、慎ましくて美しい。

モデルとなった「妻譲渡事件」はセンセーショナルだったが、谷崎は自分から「芸術のために」スキャンダルを起こしていった。妻千代は自分をめぐる事件をどんな思いで受け止めていたのだろう……。（O）

そして外へ出るといいようのない不快な気持ちにさせられているのを感じた。

憎らしいのは添田である。が、朝子の心にあるものは添田に対する愛ばかりで、この哀れな「穂積」という男の事は微塵も思われていないのだとすれば、——それは今夜の素振からでも疑う余地はないのだが、——今さら添田を恨む筋などはないのである。そんなら朝子を恨んだらいいのか？いや、それも決して出来ない。現に彼女はあれほど情なくされながらもやはり忠実な妻として夫に仕えているではないか。それを穂積の位置としてどうして批難することができよう。もしそういう気が穂積に少しでもあるとすれば、彼は彼女の純な優しい心根に対して恥じたがよい。

（中略）朝子はあんなにされながら、相変らず至極呑気で、人がよくって、笑いもすれば冗談もいう。夫に対する不平などは、少くとも穂積の前ではこれっぱかりもいうのではない。

（中略）

「そうだ、顔を見るということだけでも自分はいくらか幸福になれる」

そんなことを思いながら、彼は龍岡町の宿の方へ歩いて行った。

その時突然、窓の外で添田の酔っぱらった声が聞えた。表の格子と襖とを体でバタバタ押し明けながら、真青な顔にニヤニヤした笑いを含んで、外套も脱がずにいきなり部屋へ這入って来た。
「やあ、君たちは姦夫姦婦か、」
と、添田は足をよろよろさせながら大声でいって、ゲラゲラ笑った。

「君はいまだに朝子に惚れてるだろう、だが惚れていたって一向差支えはないんだよ。君は間違いをしでかすような人間ではないんだから、どっちかというとちょいちょい訪ねて来てくれて、たまには優しい言葉ぐらいかけてやってくれた方が、結局あいつのためなんだよ」

（中略）

「——君がほんとうに朝子を思ってくれるなら、もう一、二年様子を見ていてくれろというんだよ。朝子の心は今でも君の所へ行っている。それは当人も明かにそういっているし、僕も認めているんだけれど、そうかといって今直ぐ僕を捨てるという気にはなれないというんだ。そりゃ一昨日はなれたけれど、僕が真心を示した以上、兎に角現在の夫であるから自分も僕を愛するように努めてみよう。そしてお互いに愛することができたらばよし、それが旨く行かなかったら、当然君の所へ行く。僕もその時は文句をいわない。——そういうことに大体話がきまったんだ。ねえ、朝子、それに違いないだろうね？」

穂積は朝子が「ええ」と口のうちでいって、微かではあるが、たしかにうなずいて見せたのを認めない訳には行かなかった。重苦しい沈黙がそのあとにつづいた。……

「つまり何だよ、朝子は君の心の妻だよ、当人もそう思い、君もそう思うなら思ってくれて差支えはないんだが、……」

と、暫くたってから、おずおずした口調で慰めるように添田がいった。

「君の心の妻であるものを僕がいつ迄も預かっておくという法はないから、朝子の心がこの後どうしても変らなければ、——僕の『心の妻』になることができないようなら、君の所へ行かなけりゃならない。それも決して長いこと待てというのじゃないんだ。一、二年の間にきっとどっちかにきめる積りだからどうぞそれまで、……」

「いや、待てというなら僕はいつ迄でも待っているよ、たとえ一生の間でも」

と、穂積がいった。

＊43 頁掲載の絵は雑誌連載時の挿絵
早川桂太郎／画

◉早川桂太郎（はやかわ・けいたろう）
生没年不明。『日本童話宝玉集』（1921～22 年［大正 10～11］楠山正雄編集）の挿絵岡本帰一とともに担当するなど、児童向けの本に絵を描くことが多かった。白黒のコントラストが美しいビアズレー調の画風。

肉塊

『東京朝日新聞』
1923年（大正12）1月1日〜4月29日、
『大阪朝日新聞』1月1日〜5月1日

あらすじ

吉之助は芸術的な仕事をしたいという夢をあきらめて、実家の商売を継いだ。しかし妻・民子の励ましを得て、店をやめ、映画スタジオを始める。民子は両親が気に入って迎えた嫁であったが、ともに暮らすうちに、高潔で素直な人柄がわかり、吉之助は心から信頼し愛するようになった。

民子に支えられて映画の仕事を始めた吉之助であったが、女優グランドレンの魅力にひきずられて関係を持ち、スタジオの経営もずさんになっていく。グランドレンは何人もの愛人を持ち、吉之助には金銭目的で近づいたのである。民子とは比べようもなく卑しい人間と知りつつ、グランドレンの魅力に溺れていく吉之助。完成した一作目の映画は「主演女優のアップばかりが無意味に多い」と不評だったが、次こそはと、やはりグランドレンを主役に第二作にとりかかる。しかし彼女は途中で放りだしてしまい、失意の吉之助も仕事に身が入らない。

スタジオの窮状をみかねたカメラマンの柴山は、民子を主演女優として第二作を完成させた。民子は躊躇しながらも、スタジオのため、吉之助のためを思って演じたのである。民子の清らかな美しさは人気となり、第二作は好評で、スタジオは復活した。しかし吉之助の心に、もはや、映画制作への純粋な情熱はなかった。

＊44〜55頁掲載の絵は新聞連載時の挿絵　田中良／画

◉田中良（たなか・りょう）
1884〜1974年（明治17〜昭和49）、東京生まれ。東京美術学校に学び、和田英作に師事した。新聞や雑誌に上品で柔らかな挿絵を描いた。とくに菊池寛の作品にマッチし「第二の接吻」「受難花」「心の月日」などを手がける。舞台美術の仕事も多く、歌舞伎座、宝塚歌劇団、東横劇場や日本舞踊の各会のために、舞台背景を描く。1958年（昭和33）紫綬褒章を受章。1974年（昭和49）には『日本舞踊百姿・幕間帳』を刊行。

「雛祭の夜」(1921年［大正10］3月30日封切)撮影風景。
右が谷崎。この映画には長女・鮎子が出演した。

Column 映画と谷崎

「肉塊」の主人公は、映画作りに熱中するが、そこには谷崎自身の体験が反映されている。一九二〇年(大正九)より大正活動写真株式会社(のち大正活映と改称)の脚本部顧問として映画作りにかかわった谷崎は第一作の「アマチュア倶楽部」に続けて、「月の囁き」(撮影・上演不明)、「葛飾砂子」(原作は泉鏡花)、「お伽劇 雛祭の夜」、「蛇性の婬」(原作は上田秋成「雨月物語」)を脚色・執筆し、撮影にも参加した。

しかし「蛇性の婬」撮影の頃には、監督のトーマス栗原の肺結核が悪化しており、さらに会社の制作方針も芸術路線から大衆路線に変更されたため、封切直後に谷崎は会社を退いた。ただし映画に対する彼の情熱は衰えず、機会があればまた手がけたいと希望していた。

その後、谷崎の映画作りが再開されることはなかったが、彼の小説はたびたび映画化された。複数の監督が手がけた「春琴抄」「細雪」をはじめとして、「猫と庄造と二人のをんな」「卍」「台所太平記」「痴人の愛」「鍵」などが映画化されており、「瘋癲老人日記」は海外で制作され(「ヴィーナス」二〇〇八年［平成20年］)、ピーター・オトゥールが主役を演じた。谷崎は日本でもっとも多く作品が映画化された文学者である。(N)

◉ 吉之助は横浜に育ち、外国人の風俗や、建築に接するうち、日本の街や人を、色彩の乏しい詰まらないものに思うようになった。彼はしばしば海岸通りへやって来て、そこのベンチに腰かけて波止場の商船や軍艦を眺めた。

——世界の何処かに、きっとこの日本よりも美しい街があり、美しい空や水があり、美しい人々が美しい声で話しをしている国がある。——と、そんなふうに思いながら、(後略)

六つになる子供の母ではあるが、それほど民子はまだ初い初いしい娘のようなところのある女だった。というのは、肉体の感じからではなく、彼女の無邪気な、そうして常に夫に対して若々しい愛情を持っている素直な性質から来るのだった。

◉ 吉之助は自ら活動写真（映画）の制作会社を始める決意を固めた。

「自分の妻がそういう女でなかったら、自分は恐らく今度の仕事を企てる勇気はなかっただろう。また企てても成功しなかったに違いない」

六つになる子供の母ではあるが、
それほど民子は
まだ初ひ初ひしい娘のやうなところのある女だつた。
といふのは、肉体の感じからではなく、
彼女の無邪気な、さうして常に夫に対して
若々しい愛情を持つている
素直な性質から来るのだつた。

挿絵のコートの柄から輪奈（わな）ビロードのコートを合わせた。やはりビロードのショールをつけて。民子のショールに合わせ、大胆な縞のものを探した。当時、ビロードコートは呉服店やデパートなどで誂えるものだった。
（コート、ショール：昭和初期）

妻の民子と、六つになる娘の秋子と三人の家族はごく平凡に、幸福な月日を送っているらしかった。夕方になると、夫婦が娘の手を曳いて散歩に出かける睦じい姿が、よく人の眼に止まった。民子は廿六、七の小柄な、色の白い、利口そうな小いさな眼をした中高の顔の女で、この近辺の人には珍らしい品の好い髷に結って、いつも質素な背広服を着た夫の傍に寄り添うているのが、何となく古風にゆかしく見えた。秋子は母親にそっくりの面立をした可愛らしい子供だつた。

◉ 吉之助はアメリカやドイツでカメラ技師をした経験のある柴山という男を雇い、人魚と青年との悲恋物語を作りはじめた。二人はホテルのダンスホールには混血の美しい娘も多く来るという噂を聞き、人魚の役を演じさせる女優を探しに出かけた。

◉ ダンスホールには、さまざまな衣裳をつけた西洋人や混血の少女が踊っている。絢爛たる刺繡で飾った中国服の西洋人が目をひいた。

蝶々の翅のように翩々たるもの、藻草のようにゆらゆらするもの、海月(くらげ)のように透き徹ったもの、あらゆる形と光の綾と色合とから成り立っている婦人の衣裳の海である。

「日本服をああいう風に着るのも悪くはないね、亜米利加で日本の女が夜会へ行く時はよくあんなふうをする、あれで草履を穿かないで繻子の沓を穿いて行くんだよ」
「なるほど、もうああなったら一層沓を穿いたほうがいいかも知れんな——だがそうなると外輪で歩くことになるかね」
「外輪で歩くのも見様に依っては案外悪くないものだよ。西洋の女が寝間着の代りにキモノを着て、大きな出ツ臀を動かしながらチョコチョコ歩くところなんか、あれも一つのスタイルとして僕は面白いと思うよ」……

異国情緒あふれる横浜で育った吉之助にとって西洋建築も、外国の風俗も、外国人の服装も憧れの象徴だった。煉瓦造りの西洋館やダンスホール、光がもれる厳かなステンドグラス……。大正時代末期は、雑誌や新聞が流通し、彼ばかりではなく、若者の多くが西洋への憧れを抱いていた。

もう直ぐわれわれはホテルへ行く、そこにはきらびやかな電燈と、賑やかな音楽と、眼の醒めるような色彩とが待っている。それを考えるとこの往来のしっとりとした静かさが夢のように感ぜられる。われわれは今深い深い海の底を歩いているのじゃないか、そしてこの道の行くてには龍宮城があるのじゃないか。……

挿絵（上図）では衿を広げ、半衿の内側にネックレスをかけているが、今回のマネキン（左頁）では華やかなロングネックレスを使っている。これは「肉塊」が描かれた1920年代、欧米の婦人たちの間でロングネックレスが大流行していたことを参考にしている。着物にロングネックレスをしている姿は明治時代の令嬢の記念写真などにも登場する。（着物、帯、パラソル：大正末期～昭和初期）

着物も当時はアール・ヌーヴォーの柄が流行し、純日本趣味ではなく和洋折衷が好まれた。大流行した袴にブーツの女学生の服装も和洋折衷のひとつだ。着物にハイヒール、着物に首飾り……。不思議と、アール・ヌーヴォーの着物にはしっくり合う。日本趣味と西洋趣味のあわせ持つ魅力は「痴人の愛」や「細雪」でも登場している。（O）

肩だか頸だか分らない部分に
黄色いクリスタルの珠を繋いだ
頸飾りを巻いてゐるのが、
ちつと在来の日本服には見られない
婀娜(あだ)つぽい風情を加へてゐる。
「日本服をああ云ふ風に着るのも悪くはないね、
亜米利加で日本の女が夜会へ行く時は
よくあんな風をする……」

◉「女優にならないか？」と声をかけられたグランドレンはカメラテストを受けにスタジオへやってきた。初めてグランドレンに会った民子はその美貌に圧倒される。

栗色にちぢれた髪の毛、どんより眠っているようで著しく魅力のある大きな瞳、すべてが夫のいう通りである。そして彼女が、それによって朧ろげながら想像していた人柄の通りである。もしこの女の皮膚の色が今少し尋常であり、その海のように深い瞳が今少し人間並であったら、夫の事業の性質をどんなに理解しているにもせよ、恐らく彼女は軽い嫉妬を覚えたであろう。が、民子が最初に感じたものは、自分と同じ女だという心持ちが打ち消されるほど、それほど自分をかけ離れた優越な人種の美貌だった。（中略）
狭い、うす暗い部屋の中で、それに向い合った民子は、大きな花の前に出た醜い小いさな虫のように身をちぢめた。

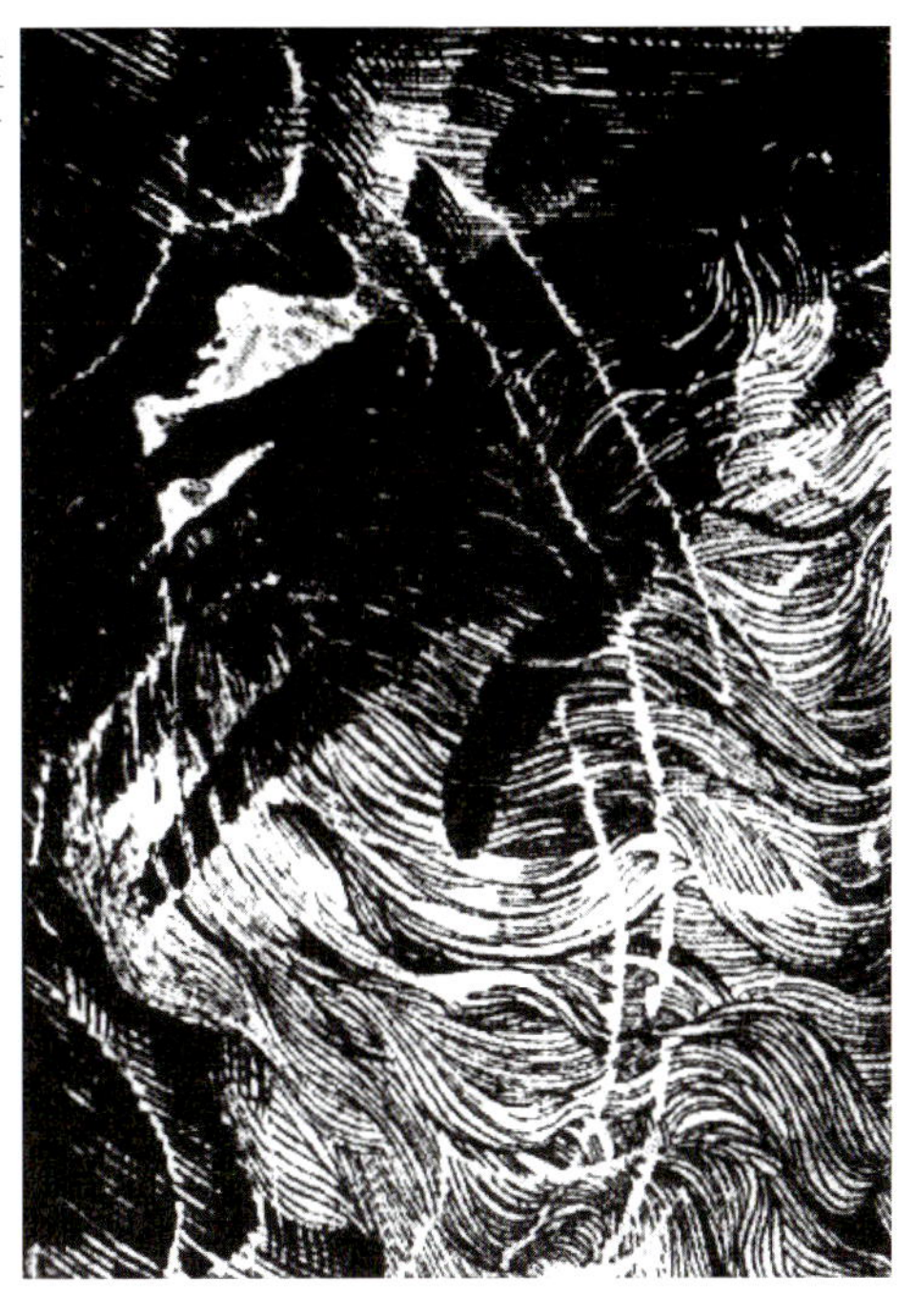

グランドレンの魅力に負けて、吉之助はとうとう民子を裏切るようなことになってしまった。

グランドレンはしだいにわがままになり、ことあるごとに「もうやめる」と言い出して吉之助を困らせる。

民子の性質に比べると、正反対の極端にいるグランドレン――それがどうしてこんなにも可愛いいのだろう？（中略）
あの幻がこんな卑しい女だったのか？　そう思ってみても彼の心はその執着に反抗することはできなかった。「そうだ、この女こそあの幻に違いないのだ」（中略）
虚栄心と金銭との外に、彼女を彼の事業の下へ引き留めておくものはないのである。それは彼にはわかりすぎるほどよくわかっていた。「もう止めてしまう」という威嚇の後で、いつでも彼女がいい出すのは金のことだった。

◉ 一作目の作品は不評であった。吉之助は再びグランドレンを主役に、中国の王女の物語を制作しはじめた。すでに資金は底を尽きかけていたが、民子は衣裳を縫い、従業員の賄いを作りつづけた。夫とグランドレンの関係は知っていたが、必死になっている夫のために、何かしてやりたかったのである。

◉ とうとうグランドレンは制作途中の作品を放りだして、役を降りてしまった。吉之助は魂を失ったように呆然とするばかり。

● 「このまま手をこまねいているわけにはいかない」柴山の助言にも耳を貸さずに失ったグランドレンのことばかり考えている吉之助。柴山はとうとう吉之助に代わって作りかけの作品を完成させると言い出した。

「一体君は誰を代りに使おうというのだ？　ここへ出る王女は誰がなるのだ？」

「王女には君の奥様がなる」

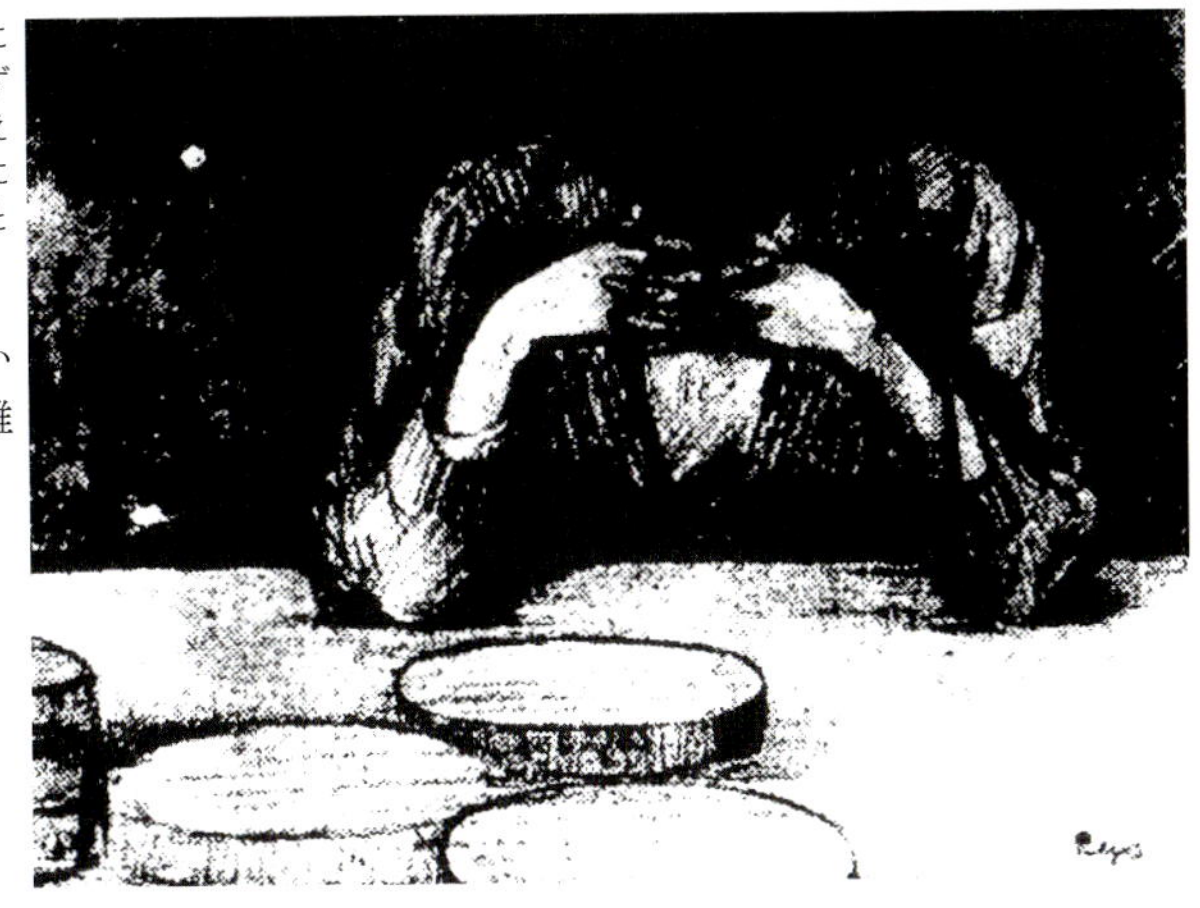

● 民子を主役にして柴山が完成させた映画は好評だった。民子には、グランドレンに欠けているところの純潔な精神の閃めきがあり、人々を魅了したのだ。柴山は民子を主演に次々と新作を作り、スタジオは復活した。
しかし吉之助はスタジオに寄り付かなくなり、数か月後、グランドレンを主役に、外人向けのいかがわしい映像を作って売り歩いているとの噂が伝わってきた。

せい子（谷崎の最初の妻・千代の妹）。1924年（大正13）頃。苦楽園ホテルで。撮影・浜本浩。

痴人の愛

『大阪朝日新聞』
1924年（大正13）3月20日～6月14日
新聞連載時の挿絵は田中良。
以後の連載を継いだ
『女性』
1924年（大正13）11月～
1925年（大正14）7月号は
カットを山名文夫・山六郎。

あらすじ

譲治は、質素で真面目な青年だったが、浅草のカフェの女給見習い・ナオミに惹かれる。ナオミは混血児のような顔立ちをした一五歳の少女で、譲治は彼女が美しくなると見込み、どこに出しても恥ずかしくない女性に育てて妻にしたいと、引き取る。

譲治はナオミに音楽や英語を習わせるが、身体の均整のとれた美しさ、無邪気で奔放な性格に、夢中になる。成熟していくにつれて、ナオミは魅力的になり、譲治は彼女を崇拝し、わがまま放題にさせる。家事はさせず、荒れた家の中には店屋ものの器が積まれ、汚れた服が投げ捨てられ、月々の経費は収入をはるかに上回る。二人はダンスを習いに通うが、そこで、ナオミが不良学生たちとつきあっていることを譲治は知る。

ナオミに男遊びをやめさせようとした譲治であるが、かなわず、一度家出をされてからは去られる怖さから許容する。彼女に服従することに、譲治はむしろ喜びさえ感じるようになっているのであった

「アマチュア倶楽部」由比ガ浜のロケ地での記念写真。1920 年（大正 9）。前列左から 4 人目栗原トーマス、谷崎、葉山三千子（せい子）。

Column

ナオミはモダンガールのさきがけ

ナオミのモデルは、谷崎潤一郎の最初の妻・千代の妹せい子である。谷崎は良妻賢母型の千代よりも、妖婦型のせい子に惹かれた。一九二〇年（大正九）「アマチュア倶楽部」という映画制作にかかわった際、谷崎はせい子を主役に抜擢し、彼女は映画スター・葉山三千子となった。

「痴人の愛」は『大阪朝日新聞』に連載されたが、人妻であるナオミが幾人もの大学生と性的な関係をもつなど、良風美俗を損なう内容であると検閲当局から再三注意があった末、『朝日新聞』を降板し、『女性』という雑誌に舞台を移した。

新聞に連載された時点では「モダンガール（略してモガ）」という言葉はまだ一般化していなかったが、ナオミはすでにモガ的である。洋服を着こなし、アメリカの女優のような化粧をし、ダンス場で自由恋愛を楽しむナオミの奔放さはナオミズムという言葉を生み、モガのさきがけとなった。（N）

＊62 頁掲載の絵は新聞連載時の挿絵
田中良／画

おりおり帰り途などに
彼女と往来で遭つたりすると、
もうどうしても
千束町に育つた娘で、
カフエの女給をしてゐた者とは
思へませんでした。

新しい時代の男女関係に憧れていた譲治は、ナオミをどこに出しても恥ずかしくない女性に育て上げることを目論んでいた。そのため、彼女の希望に合わせ英語や音楽を習わせたが、ナオミを着飾らせることも楽しんだ。

ナオミは銘仙の着物の上に紺のカシミヤの袴をつけ、黒い靴下に可愛い小さな半靴を穿き、すっかり女学生になりすまして、……

レッスンに通うときの服装がこの装いだ。当時のナオミは、モダンな洋館での暮らしにわくわくしているただの貧しい少女。譲治に「本が読みたかったら女学校に行けばいいのに」と言われて、悲しげな表情を見せている。女学生のような暮らしは夢の世界だったのだろう。

レッスンに通うときは、この装いに髪をリボンで結び、その先をお下げにして垂らす、だれが見ても美しい女学生に映ったはずだ。本を読むのが好きで、整った顔立ちから譲治は頭のいい少女、と思いこんだが、ナオミはここから不気味な成長を果たす……。（O）

明治末期に兵庫県豊岡で創案されたバスケット籠はアメリカやイギリスでも大人気。大正時代から昭和初期まで日本女性のバッグとしても愛用された。

女学生のための短靴。明治時代に創業された大塚製靴の当時人気商品。（大塚製靴蔵）

袴裏に緑のモスリンが使われているのが珍しい。プロではなく、母親が縫ったものか縫い目も不揃い。かわいい色合いを選んだのもお母さんの愛かも。

ナオミは銘仙の着物の上に
紺のカシミヤの袴をつけ、
黒い靴下に可愛い小さな半靴を穿き、
すつかり女学生になりすまして、……

赤い薔薇の柄の銘仙に紺の袴を合わせて。当時の女学生と同じように衿をつめて着物を着せてみた。短めに袴をはいているのは当時の流行のようだ。紺の袴も昭和初期の女学生が使っていたもの。（着物：昭和初期〜中期 袴：大正末期〜昭和初期）

「……なんでもいいから出来るだけ新奇な風をして見るんだよ、
日本ともつかず、支那ともつかず、
西洋ともつかないような、
何かそういうなりはないかな——」

銘仙の着物に赤と黒の市松格子の兵児帯を前で結んでナオミ好みのスタイルに。「彼女はそれを素肌に纏うのが癖でしたから」というように内側に長襦袢を着ていない。この銘仙は昭和初期から中期に作られたもの。岩田専太郎が挿絵を描いたのもほぼ同じ頃。（着物：昭和中期）

「ぢゃ、今でも譲治さんは馬になつて、
あたしを乗せる勇気がある？
――来たての時分にはよくそんなことをやつたぢゃないの。
ほら、あたしが背中に跨(またが)つて、
手拭いを手綱(たづな)にして、ハイハイドウドウつて云ひながら、
部屋の中を廻つたりして、――」

譲治とナオミが暮らしはじめた頃、譲治が馬になって遊ぶこともあった。四年が過ぎて、ナオミは、譲治に隠れてダンス仲間の学生と関係をもったり、見ず知らずの男性に娼婦(しょうふ)と間違われたりもする妖婦になっている。それでいて譲治が疑うと、すり寄ってきて振り回す、その繰り返しだった。

一九五〇年（昭和二五）、雑誌『リベラル』に掲載された「痴人の愛」では挿絵画家岩田専太郎がこの場面を描いている。セクシーなナオミは白地に黒、黄、灰、オレンジの水玉の着物で譲治の背中に馬乗りになっている。少女の可憐さはもう消えたナオミが馬乗りになると、まるでSMの女王のようだ。

暮らしはじめて間もない頃、譲治がナオミにどんな服装をさせたいか書かれた箇所がある。

「何しろお前は日本人離れがしているんだから、普通の日本の着物を着たんじゃ面白くないね。……和服にしても一風変わったスタイルにしたらどうだい」
「あたし筒ッぽの着物を着て兵児帯をしめちゃいけないかしら？」
「……なんでもいいから出来るだけ新奇な風をして見るんだよ、日本ともつかず、支那ともつかず、西洋ともつかないような、何かそういうなりはないかな――」

そんな話の末にデパートに通ったと書いている。水玉の大胆な意匠の着物は、実は譲治の好みどおりにナオミが成長した証だろう。悲しんだり、心配したりしているものの、実は翻弄され、痛めつけられるためにナオミを育てたともいえる。つくづく譲治って、いや、谷崎ってややこしい男だ。　（O）

譲治に熊谷との仲を疑われたナオミは「十五の歳から育てて貰った恩を忘れたことはない」と涙を流したり、その涙を譲治にふかせたりしながら身の潔白を訴える。ナオミにすり寄って来られると、譲治は疑いながらもデレデレしてしまう。もはや、やきもきすることが彼の喜びだ。そして、八月を思い出の鎌倉で過ごそうとナオミに提案され、再出発の気分で心を躍らせる。

「そうよ、だから今年は鎌倉にしましょうよ、あたしたちの記念の土地じゃないの」

ナオミのこの言葉は、どんなに私を喜ばしたことでしょう。ナオミのいう通り、私たちが新婚旅行？——まあ云ってみれば新婚旅行に出かけたのは鎌倉でした。鎌倉ぐらいわれわれにとって記念になる土地はない筈でした。

楽しいバカンスのはずが、砂浜でナオミの遊び仲間に声をかけられて、彼らの間にぎくしゃくとした空気が流れる。挿絵はそのときの様子が描かれている。ナオミは横縞の浴衣に太陽のような花柄の帯を締めている。譲治はカンカン帽に浴衣、水着姿はナオミの男友達だ。

ちなみに、偶然の出会いを装ってはいるが、実は、ナオミと男たちが一緒に過ごしたいがために画策したもの。譲治が育てたはずの「新しい女」はもはや譲治の手に負えない毒婦になっていた。もっともこの奔放さが譲治をとらえて離さないのだからやっかいでもある。（O）

「譲治さん、今年の夏は久振りで鎌倉へ行かない？」八月になると、彼女は云ひました。

『大阪朝日新聞』1924年（大正13）6月5日に掲載された「痴人の愛」の挿絵。田中良が描いて人気を博した。（原画は朝日新聞社史編修センター所蔵）

「ナオミさん！」と、
不意に私たちの顔の上で、さう呼んだ者がありました。
見ると、それは熊谷でした。
たつた今海から上つたらしく、
濡れた海水着がべつたりと胸に吸ひ着き、
その毛むくじゃらな脛を伝はつて、
ぼたぼた潮水が滴れてゐました。

薄手綿麻の浴衣に向日葵（ひまわり）の柄の紗名古屋帯を合わせた。挿絵の雰囲気にかなり近くなったはず。モダンで妖しげ。譲治じゃなくても大正時代末期こんな女性を連れて歩いたらちょっと得意だっただろう。（着物、帯：大正末期〜昭和初期）

「だけどこの風で歩いたら一体何に見えるだらう?」

「どう見ても女団長だね」

「あたしが女団長なら、みんなあたしの部下なんだよ」

「白波四人男ぢやねえか」

「それぢやあたしは弁天小僧よ」


ウールのマントはトンビともインバネスコートとも呼ばれた。シャーロック・ホームズ等が着ていたのもこのコート。明治時代に日本に伝わり、大正時代に大流行。ハイカラな紳士や大学生が好んだもの。合わせているのはジョーゼット素材の薄物の着物。ハイヒールを合わせて。(マント、着物：昭和初期)

まん中に挟まつたナオミは、
黒いマントを引つかけて、
踵（かかと）の高い靴を穿いてゐるのだけが分りました……。
見ると彼女は、マントの下に
一糸をも纏つていませんでした。

鎌倉で借りた家で八月を過ごすため、譲治は会社から一一時過ぎに帰る日々だった。ある夜、たまたま早くに帰宅した彼はナオミの姿がないことに取り乱してしまう。

夜の街でナオミを探し回ると、彼女は浜辺で黒いマントを羽織り、四人の男とはしゃぎまわっていた。譲治に気づいても「パパさんじゃないの？　何しているのよそんな所で？　みんなの仲間にお這入んなさいよ」とふてぶてしい。そして、譲治に近づいてくると、ぱっとマントを開いた。

見ると彼女は、マントの下に一糸をも纏っていませんでした。
「何だお前は！　己に恥を掻かせたな！　ばいた！　淫売！　じごく！」
「おほほほ」

小説と違い、マネキンが着物を着ているのは、一九三〇年（昭和五）雑誌『苦楽』に川口松太郎が脚色して発表した際の挿絵に合わせたもの。問題作「痴人の愛」は社会にさまざまな影響を与えている。十分アバンギャルドで挑発的に見えるこのときの絵も時代背景を考えると、自粛のひとつだったのかもしれない。　（O）

昭和初期に製造されたハイヒール。（大塚製靴蔵）

明治〜昭和初期

着物用語いろいろ

明治後期に新進作家として登場した谷崎潤一郎。大正から昭和中期にかけ、第一線で活躍した作家は、ファッションの変化も、着物の位置づけもていねいに描写した。作品には、日本が大きく変わる時代の女性と着物が紹介されている。着物用語を知ると、谷崎文学をもっと楽しめる。

◉**袷**［あわせ］
秋、冬、春に着用する着物。胴裏や八掛と呼ばれる裏地をつけたもの。

◉**単衣**［ひとえ］
裏地をつけない着物。洋服ならシャツ一枚で出かけられる六月、九月頃の気候に着る単衣仕立てのもの。また、ウールや木綿など地厚な素材は冬でも単衣で着用する。

◉**薄物**［うすもの］
盛夏用の着物。紗や絽など透ける素材を使う単衣仕立てのもの。

◉**間着**［あいぎ］
現在、夏着物の衣更えは単衣から薄物に、薄物から単衣に替わるだけだが、昭和初期は薄物と単衣の間に間着という薄物より厚めで、単衣より薄い着物を着用した。ジョーゼットの着物などが代表。

◉**訪問着**［ほうもんぎ］
女性の略式礼装用の着物。裾と肩に柄があり、着物を広げたときに裾模様がつながる絵羽模様という染め方になっている。

◉**羽二重**［はぶたえ］
絹地の平織り。生絹で織った後に精練する織物で、明治時代は振袖などにも使われた。現在、胴裏などに用いることが多い。

◉**紅絹**［もみ］
戦前の着物の裏地に使われていた赤い絹地。赤は紅花で染めたもの。

◉**縮緬**［ちりめん］
経糸にはあまり撚りのない糸を使い、緯糸には強撚糸を使用。精練によって布が縮み、シボが現れた布地。

◉**錦紗**［きんしゃ］
細い糸で織られ、シボも繊細な縮緬の一種。人肌のようななめらかさがある。現在は作られていない。

◉**綸子**［りんず］
なめらかで光沢のある絹織物。紋織り、無地の二種類がある。

◉**お召**［おめし］
縮緬の一種で、筋模様、縞模様が多く、矢羽などの絣お召、紋お召もある。西陣お召、塩沢お召、桐生お召などが有名。

◉**銘仙**［めいせん］
大正から一九五五年（昭和三〇）頃まで生産された平織の絹織物。安価で、色柄豊富なことから大正末期から昭和初期にブームとなった。伊勢崎、足利、秩父、桐生、八王子などが主な生産地。

◉**紬**［つむぎ］
筋織りの素材で、くず繭、真綿を紡いで織った織物。素朴な風合いが好まれる。地厚な結城紬、光沢のある大島紬が代表格。

めりんすや銘仙を着ていると、
混血児の娘のような、
エキゾチックな美しさが
あるのですけど、
不思議な事に
こういう真面目な衣裳を纏(まと)うと、
却って彼女は下品に見え……

——「痴人の愛」

◉紗［しゃ］

透かし織りをした非常に薄い生地で、七〜八月の盛夏に着る着物地。「薄物」の代表。

◉絽［ろ］

盛夏の着物地。「ロ」の形の隙間が連続的に並ぶ薄い生地。

◉セル

明治末期、海外から輸入した毛織物サージを模倣し着物地として製織したもの。サージが訛ってセルというようになった。単衣仕立てで五〜六月に着たことから、「セルを着る」は初夏を表す季語として扱われた。

◉丸帯［まるおび］

主に厚手の織りで、礼装などに使われた。表も裏も同様の柄が織り出された幅約三〇cm×長さ四〇〇〜四二〇cm前後の帯。結んだときに厚みが出るので今はあまり使われない。

◉袋帯［ふくろおび］

一面は織り柄が入り、裏側は柄がない、袋状に織られた帯。幅約三〇cm×長さ約四二〇〜四六〇cm。丸帯を簡略化するために考案された帯で丸帯の次に格が高く、現代の礼装はほとんどこれを使う。

◉名古屋帯［なごやおび］

胴部分とお太鼓のたれの部分で、幅の広さを違えて作られた帯。普段着に使われることが多い。長さは三六〇〜四〇〇cm。

◉昼夜帯［ちゅうやおび］

表と裏を異なる布で仕立てた普段着用の帯。もとは黒繻子に白の裏をつけたことから昼夜に見立てて名づけられた。ハレとケの意味もある。腹合わせ帯、鯨帯。幅約三〇cm×長さ四〇〇cm前後。現在、普段着用の帯は名古屋帯が中心であまり作られなくなっている。

◉モスリン［もすりん　mousseline（仏）］

メリンスとも言われる。ヨーロッパでは羊毛のものと木綿のものがあったが、日本に入ってきたのは羊毛地が先だったことから、羊毛平織の生地をモスリンと呼ぶ。のちに、綿織物のモスリンが輸入され、それは「新モス」と言われるようになった。明治後期には着物柄をモスリンに染めるモスリン友禅が流行する。

◉ジョーゼット［georgette（英）］

ゆるやかに織られた縮緬の織物。経糸、緯糸に強撚糸を二本ずつ交互に使用した密度のあらい織物。当初は絹だったが、現在は合成繊維の糸で織られている。着物地はドレス地を模倣して作られた正絹を使用。そのほとんどが単衣から薄物。現在、ジョーゼットの着物は生産されていない。

谷崎潤一郎文学と着物

明治末期
まだ地味で粋好み全盛時代。ぼってりした刺繍の半衿あたりで華やかさをアピール。

1923年（大正12）
菜の花に蝶というモチーフは早春にしか着ることができない。それだけに作った理由があるはず、と思ってしまう。

1922年（大正11）
明治時代からハイカラ女性の間では着物にネックレスも使われている。横浜のダンスホールという空間にぴったりの衣裳。

谷崎の好みは 西洋趣味経由の日本趣味へ。

谷崎潤一郎の小説に登場する着物は記録するように正確で、ていねいな描写で書かれている。素材や柄も、これ以上説明するとくどくなる、その直前まで説明されていて「細雪」の雪子や「痴人の愛」のナオミが着ていたジョーゼットの着物のように、その時代の流行まで浮き彫りになる。私自身も、ジョーゼットの着物を初めて見たとき、「細雪」を思い出して得心した。

それだけに、上の写真のようにヒロインの着物姿を時代順に並べると、流行の変遷と、谷崎の気持ちの変化が見て取れる。明治末期に二四歳でデビューした新進作家谷崎はファッショナブルでアバンギャルド好み。小説には強気な「女王様」ばかりが登場する。一方、関西に移住してからは派手な女性よりミステリアスで、少し隙のある女性を好んでいるように映る。「日本趣味」な魅力に開眼している。

歌舞伎にインスパイアされた 菜の花と蝶の着物

アンティーク着物には、私たちの想像を超えた意匠がたくさんある。妻や娘、恋人のために有名な画家に注文して誂える……今では考えられない贅沢なシステムが存在し、そのシステムでなければ生まれようがない唯一無二の着物がつくられていた。

ただ、その家に伝わる着物でもない

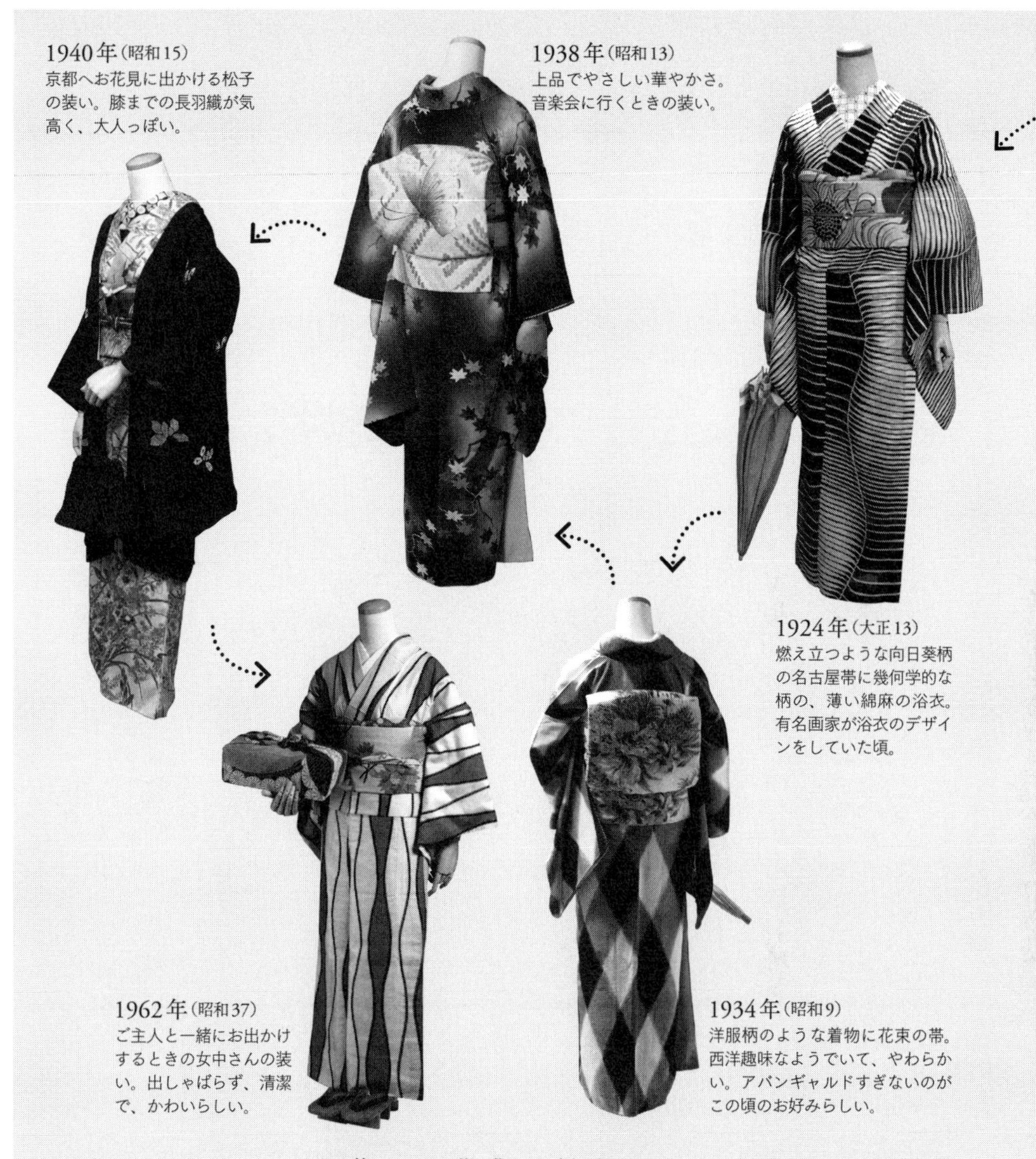

1940年（昭和15）
京都へお花見に出かける松子の装い。膝までの長羽織が気高く、大人っぽい。

1938年（昭和13）
上品でやさしい華やかさ。音楽会に行くときの装い。

1924年（大正13）
燃え立つような向日葵柄の名古屋帯に幾何学的な柄の、薄い綿麻の浴衣。有名画家が浴衣のデザインをしていた頃。

1962年（昭和37）
ご主人と一緒にお出かけするときの女中さんの装い。出しゃばらず、清潔で、かわいらしい。

1934年（昭和9）
洋服柄のような着物に花束の帯。西洋趣味なようでいて、やわらかい。アバンギャルドすぎないのがこの頃のお好みらしい。

限り、今の私たちが想像できるのは、個性的な柄だから、何か理由があって注文したのだろう、と推測するのみ。その推測も楽しいのだが、谷崎の小説には推測を裏付ける事実がいくつも描写されている。

とくに、小説「夏菊」で描かれている、着物を誂えたいきさつは興味深い（一〇四〜一〇五頁）。今回、その柄に合わせ、用意した着物が右頁のいちばん左のものだが、あまりに谷崎の描写と似ていて驚いた。誂えられた時代もほとんど同じで、桜、梅、菊のような古典的な意匠ではなく、多くはない菜の花と蝶の柄。人気の高い舞台だったことを考えると、同じ舞台を見て誂えられた可能性も大きい。そう考えると、着物柄が生まれた謎が解明したようでわくわくする。

どんどん忘れられていく大正時代から昭和初期の記憶。しかし、谷崎があの時代を細かに描写してくれているおかげで、当時の流行や、流行の変遷まで伝わってくる。改めて読み返すと、アンティーク着物ファンにとってありがたい情報であふれている。（O）

関西移住が作風に変化をもたらす

関東大震災が発生した一九二三年（大正一二）九月一日、谷崎は箱根のホテルに滞在中だった。東京に向かう鉄道が寸断されたため、まずは汽車で関西に逃れた。妻子を呼び寄せ、京都・等持院の民家に住んだあと、阪神間に移り住み、以来関西に定住することになった。

東京日本橋に生まれ育ち、江戸っ子としてのプライドをもっていた谷崎は、当初関西の風土になじめず、東京が復興したら、すぐに戻るつもりであった。だが古い伝統が残る関西にしだいに魅了されるようになり、作風も大きく変化していった。

関東在住時代の作品において、谷崎はしばしば西洋人の美を讃えている。一九一七年（大正六）「人魚の嘆き」では「人間よりも神に近い」人魚の驚嘆すべき美しさが語られるが、その白い肌、青い目、高い鼻は西洋人の特徴である。

地震の数か月後から連載の始まった「痴人の愛」でも、ナオミが「混血児のような顔立ち」であることは、ヒロインの条件として重要だった。この頃までの谷崎にとって、美貌とは、すなわち西洋人の容貌だったのである。しかし関西移住後、谷崎の西洋崇拝は少しずつ後退していく。

本書でも紹介している「友田と松永の話」は一九二六年（大正一五）一月〜五月『主婦之友』に連載された作品であるが、西洋文化を崇拝していた主人公は外国生活を経て、日本文化のよさに気づく。

「お前はナイフやフォークを使って物を食うのを、殺伐だとは感じないのか。人間よりも獣に近い食い方だとは思わないか」とそのかされる。オペラへ行けば「おい、おい、いくらお前が、西洋人の唄や芝居に感心したような風を見せても、そりゃあ駄目だぞ。ちゃんと己には分っているぞ」と、また囁きが意地の悪い嘲りを洩らす。「あのソプラノやバリトンの唄を聞くがいい。声量があるの、調子が高いのと云ったって、まるで獣が吼えているのだ。それ、それ、彼奴等が大きな声を出すと、お前の耳は今にも鼓膜が破れそうにビリビリ鳴っている。そしてお前はお前の故郷の人々が唄う、あのふくみ声のやさしい唄を慕っているのだ」

一九二八年（昭和三）の「卍」は登場人物たちすべてに大阪言葉を使わせた。同年の「蓼喰ふ虫」には関西の伝統的な文化に魅せられていく主人公の姿が描かれている。

そして一九三一年（昭和六）の「吉野葛」以降、古典主義的な志向を強め、同年「盲目物語」、「武州公秘話」一九三二年（昭和七）「蘆刈」、一九三三年（昭和八）「春琴抄」と古い時代を舞台にした傑作を次々に創作した。それらの作品において、ヒロインたちの姿に、

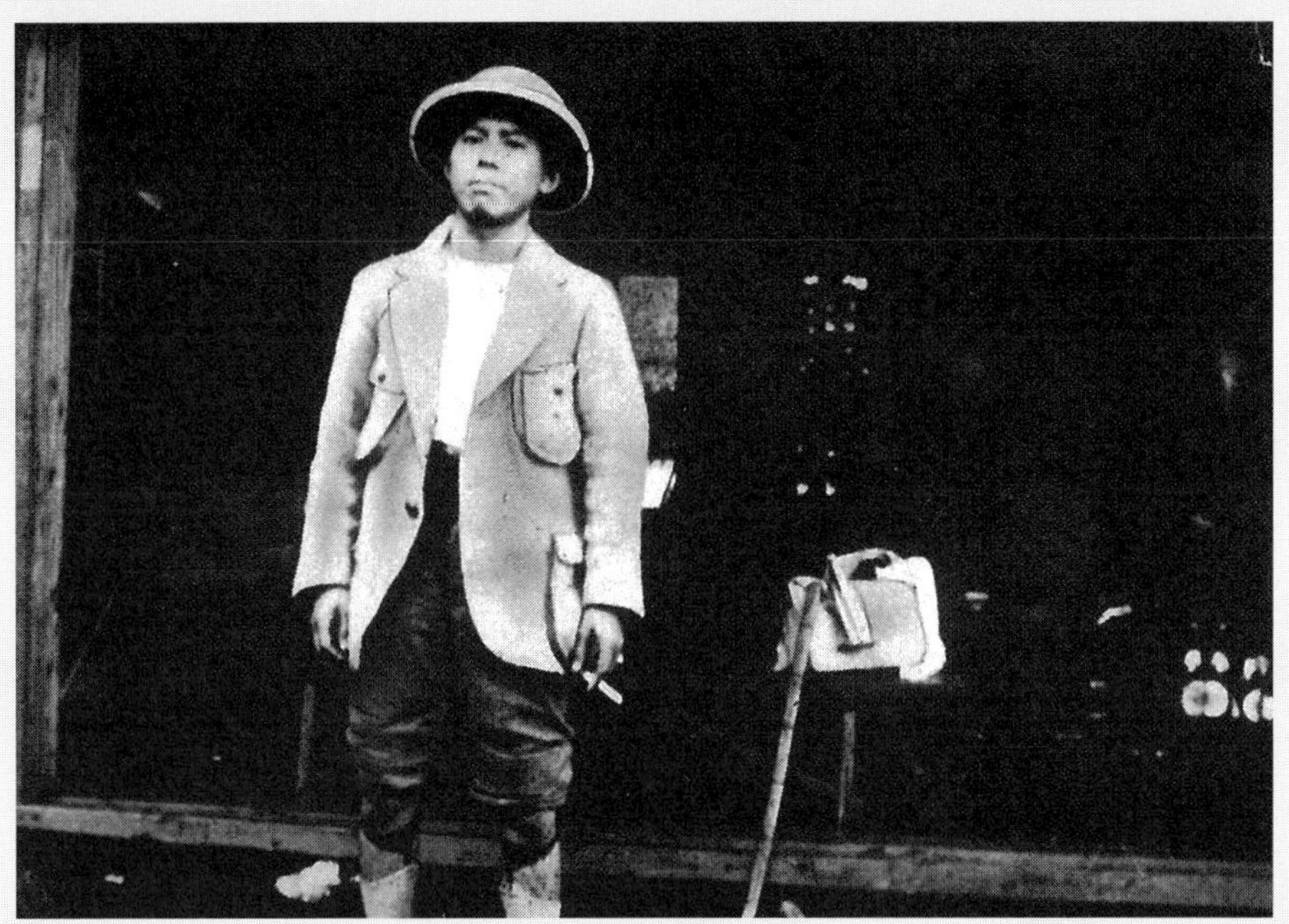
1923 年（大正 12）9 月、箱根から兵庫県芦屋市にたどりついた谷崎。

もはや西洋人のおもかげはない。

一九三三年（昭和八）、「陰翳礼讃」を発表。この書において谷崎は闇と光の美を日本古来のものと位置づけ、日本において闇が美を形成し、その民族性にまで深く関与すると、日本人の美意識を追究した。

一九三五年（昭和一〇）「源氏物語」の口語訳を開始し、それは日本の古典史に残る労作となった。

そして一九四三年（昭和一八）雑誌『中央公論』に登場した「細雪」には、大阪の裕福な商家に育った姉妹の情感に満ちた日常が描きだされていた。もし谷崎が関西に移住しなければこの作品は生まれなかったのである。（N）

「細雪」挿絵 『日本の文学』第 24 巻
1966 年（昭和 41 年）中央公論社
田村孝之介／画

あらすじ

小説家の水野は「人を殺すまで」というタイトルで雑誌に小説を発表した。「良心の呵責とは何ぞや？　を追求するための哲学的殺人小説」というセンセーショナルな宣伝文句とともに連載は開始された。殺される人物のモデルは、水野の知人で、名前は変えたつもりだったが、何か所かうっかり本名を書いてしまった。

ところが、その知人が実際に誰かに殺されたのだ。水野はあわてた。嫌疑は当然自分の上にかかるに違いない。身の潔白を証明してくれるのは、殺人事件があった夜に、行きずりの恋を楽しんだ女だけである。しかし彼女は、名前も素性も明かさぬことを条件につき合ったので、いざアリバイを証明してもらうために呼び出そうとしても、杳として行方が知れない。もしや、女との出会いは水野を犯人に仕立てるための罠だったのか？

水野はあせるが、女は現れぬまま、とうとう刑事が水野を訪ねて来た……。

◉ 小説家の水野は目覚めて寝床の中で煙草をふかしながら、編集者に渡した原稿に大変なミスがあったことに気づいた。殺される人物の名を書く際、モデルにした男の本名を書いたのだ。

黒白

『大阪朝日新聞』『東京朝日新聞』
1928年（昭和3）3月25日～7月19日（未完）

＊72～74頁掲載の絵は新聞連載時の挿絵
中川修造／画

Column

都会というミステリー

映画館、銀座のバアやカフェー、丸ビル、ホテル、雑踏にまぎれこんでしまった女など、都会の風俗が表現され、関東大震災から復興し、近代的な都市が形成されていく時代の空気を感じさせる作品である。銀座・上野・東京駅・桜木町駅などが主な舞台。とくに桜木町駅は二人の待ち合わせ場所として重要な場所だが、連載前年の一九二七年（昭和二）五月一六日に新駅舎で旅客事務を開始しており、その話題性を考慮したものと思う。

関東大震災が発生した頃はドイツで暮らしていたという「謎の女」も、洋服が似合うモダンガールだ。「恋は芝居」と言い切る彼女のクールな発言が、作品のミステリアスな雰囲気にマッチする。

悪魔主義を気取っているうちに、どんどん窮地に追い込まれていく小説家の水野は、谷崎自身がモデルである。自らを道化にして読者の笑いをさそうのは、谷崎の得意とする手法のひとつであった。（N）

◉ 水野は恋の冒険を求めて都会をさまよう。

『朝日グラフ』1928年（昭和3）12月26日号表紙より
「銀座所見　歳末情景」

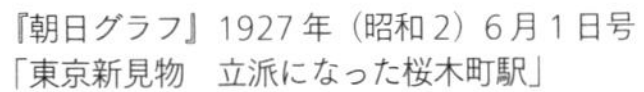

『朝日グラフ』1927年（昭和2）6月1日号
「東京新見物　立派になった桜木町駅」

「恋というものは一つの芝居なんだから、筋を考えなければ駄目よ。(中略) あなたはつまり、芝居をするのが下手なんだわね」

「そうかも知れない。しかし相手の女優にもよるんだ」

「あたしは名優よ、安心していらっしゃい。——そしてあなたがいつまでも興味を感じるような、変化のあるシナリオを書いてあげるわ」

男にとって、女が神でなくなった時はおもちゃになるより外はない。

街頭で取材されたモダンガールたち

『朝日グラフ』1927年（昭和2）6月8日号「街頭の近代色」より
上・洋装のモダンガールたち。
右・和装の断髪モダンガール。当時の日本女性は洋服より着物に慣れていたせいか、モダンガールも着物姿のほうが颯爽としている。

まんじ

『改造』
1928年（昭和3）3月号〜1930年（昭和5）4月号
（断続的に掲載）

＊76頁掲載の絵は雑誌連載時の挿絵。画家は不明。

あらすじ

園子は夫としっくりいかない生活のなか、絵画学校で知り合った光子（みつこ）の美しさに惹かれ、同性愛の関係に陥った。園子は疑念を持つ夫をごまかしながら、揃いの着物を誂える（あつらえる）などして光子に夢中になっていくが、ある日、彼女に恋人がいると知って愕然（がくぜん）とする。それを契機に園子は夫にすべてを話して、光子との縁を断つ決意をする。

しかし光子が狂言で堕胎（だたい）騒ぎを起こし、どさくさまぎれに二人の仲は復活。離れがたくなった二人は、心中（しんじゅう）を装って園子の夫に仲を認めさせようとしたのだが、その現場にかけつけた夫と光子の間に間違いが起こった。光子・園子・夫の異常な三角関係に追い詰められた三人は、ともに死のうと薬を飲んだ。しかし、光子と夫が命を落とし、園子だけが生き残った。

◉古川丁未子
（ふるかわ・とみこ）
1907～ 69年（明治 40～昭和44）。大阪女子専門学校の生徒だった1928年（昭和3）、谷崎と知り合う。谷崎42歳・丁未子21歳であった。1931年（昭和6）に結婚し谷崎の二度目の妻となったが、1933年には別居。谷崎と離婚後、編集者と再婚した。

Column

女性崇拝が創作の源

「卍」は関西弁で書かれたが、東京で生まれ育った谷崎は、関西弁のチェックを江田治江という女性に依頼した。そして治江の友人として知り合った丁未子と二度目の結婚をした。

しかしそのときすでに谷崎の心には、三度目の妻・松子がいた。松子が既婚者であったことから谷崎は彼女をあきらめていたのだが、松子の前夫の倒産をきっかけに二人の交際が始まり、丁未子との仲はこじれていった。

松子あての書簡の中で谷崎は「創作家に普通の結婚は無理である。千代・丁未子と、二度の結婚に失敗してわかった。芸術家は仰ぎ見るような崇高な女性を夢見るのであるが、結婚すると多くの女性は箔が剝げて夫以下の平凡な女性になってしまう。するとまた他に新しい女性を求めるようになる」と書いた。

谷崎は、松子が世話女房になると崇拝の念を失ってしまうだろうと懸念し、家事をしないよう求めたという。（N）

＊78～87頁掲載の絵は新聞連載時の挿絵　小出楢重／画
＊81頁のみ『カラー版日本文学全集 第43巻谷崎潤一郎2』1970年（昭和45）初版　河出書房新社　望月春江／画

蓼喰ふ虫

『大阪毎日新聞』『東京日日新聞』
1928年（昭和3）12月4日～1929年（昭和4）6月18日
小出楢重／画

◉小出楢重（こいで・ならしげ）
1887～1931年（明治20～昭和6）、大阪生まれ。東京美術学校（現・東京藝術大学）西洋画科に学ぶ。幼少の頃から日本画を学んでいたが、のちに西洋画に転向。半年ほどの渡欧後、1924年（大正13）に「信濃橋洋画研究所」を設立し、大阪での油彩画の普及活動に尽力。ガラス絵や挿絵の仕事を続けた。

あらすじ

要と美佐子は一子をもうけた夫婦でありながら性的にそりが合わず、長年他人同然のように暮らしてきた。二年前、妻には阿曽という交際相手がいることがわかり、要は肩の荷を降ろしたような気になった。以後、要の公認のもとに美佐子と阿曽の交際は続き、最近は結婚話が出ているが、再婚のためにはまず美佐子と要の離婚が先である。だが離婚話を具体化するのは気が重い。なにより小学校四年生になる息子の弘に切り出すのがつらい。

そこに親戚の高夏が現れて、事態を動かそうとするが、要領を得ない夫婦に業を煮やして去っていく。

一方、美佐子の父は六〇歳に近い年齢でありながら、美佐子より若い妾・お久を囲い、伝統的な芸事を仕込んでいる。要は人形を愛するような、義父のやり方に共感を覚えはじめる。

「では今日は和服になさる？」
と、彼女は立って、簞笥の抽出しから、たとうに包まった幾組かの夫の衣類を取り出すのであった。
着物にかけては要も妻に負けないほどの贅沢屋で、この羽織にはこの着物にこの帯というふうに幾通りとなく揃えてあって、それが細かい物にまでも、――時計とか、鎖とか、羽織の紐とか、シガーケースとか、財布とか、そんな物にまでおよんでいた。それを一々呑み込んでいて、「あれ」といえばすぐその一と組を揃えることのできるものは美佐子より外にないのであるから、（中略）こういう細かい身の周りの世話や心づくしの間にこそ夫婦らしさが存するのではないか。これが夫婦の本来の姿ではないのか。そうしてみれば、彼は彼女に不足を感ずる何ものもないのである。

◉ 要、美佐子、義父、妾のお久、四人で人形浄瑠璃を観る。

なるほど、人形浄瑠璃というものは妾のそばで酒を飲みながら見るもんだな。

Column

最初の妻・千代との別れに悩む

モデルは、要が谷崎、美佐子が最初の妻・千代、高夏が佐藤春夫、阿曽が和田六郎（のちの探偵小説家・大坪砂男）。

小田原事件（三九頁参照）後、千代はいったん佐藤と別れ、この時期和田と交際し、結婚話が持ち上がっていた。しかし谷崎はなかなか千代との離婚に踏み出せず、夫婦関係の膠着状態は続いた。当時、千代をあきらめ、すでに他の女性と結婚していた佐藤であったが、彼女の結婚を心配して谷崎家を訪れた。その頃のいきさつを下敷きにした作品。

千代と和田との結婚は実現せず、結局は佐藤と千代が再婚して生涯添い遂げた。

のちに谷崎は、千代と別れるのに、一〇年という歳月が自分には必要だったと、『中央公論』誌上で語った。（「佐藤春夫に与えて過去半生を語る書」一九三一年〔昭和六〕一一月・一二月）

たびたび登場する義父は、日本の古典芸能に関する蘊蓄を披露するが、この人物は執筆当時日本文化に傾倒しはじめていた谷崎自身の投影と思われる。（N）

そういうふうにちらと眼に触れる肉体のところどころは、三十に近い歳のわりには若くもあり水々しくもあり、これが他人の妻であったら彼とても美しいと感ずるであろう。

愛蔵の文楽人形と。1930年（昭和5）。

昔の人の理想とする美人は、容易に個性をあらわさない、慎しみ深い女であったのに違いないから、この人形でいい訳なので、これ以上に特長があっては寧ろ妨げになるかも知れない。昔の人は小春も梅川もおしゅんも皆同じ顔に考えていたのかも知れない。つまりこの人形の小春こそ日本人の伝統の中にある「永遠女性」のおもかげではないのか。

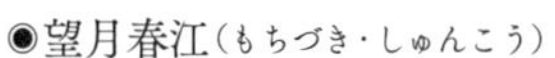

◉望月春江（もちづき・しゅんこう）

1893〜1979年（明治26〜昭和54）、山梨県生まれ。東京美術学校日本画科に入学し、同科を主席で卒業する。卒業後は結城素明に師事。1929年（昭和4）第10回帝展で特選となる。1938年（昭和13）、川崎小虎らと日本画院を創立。1958年（昭和33）日本芸術院賞受賞。花鳥画を得意とし、後年に墨と金を用いた独特の画風を確立。

「どうも今時の若い者のすることはわらんよ。第一女が身だしなみの法を知らない。たとえばお前のその手の中にあるのは、そりゃあ何というもんだね」
「これ？　これはコムパクトというもんよ」
「近頃それが流行るのはいいが、人中でも何でも構わずそれを開けて見ては顔を直すんだから、ちっとも奥床しさというものがない、お久もそいつを持っていたんでこの間叱ってやったんだがね」

◉ 離婚できずにいる夫婦のもとに、従弟の高夏が遊びに来る。高夏は二人の決心をただす。

彼は去って行く妻に対して何の悪い感情も持たない。二人は互に性的には愛し合うことができないけれども、その他の点では、趣味も、思想も、合わないところはないのである。夫には妻が「女」でなく、妻には夫が「男」ではないという関係、——夫婦でないものが夫婦になっているという意識が気づまりな思いをさせるのであって、もし二人が友達であったらかえってなかよくいったかも知れない。

◉ 阿曽の本心に不安を抱く高夏は、阿曽から生涯の約束をとりつけてから結婚するようにと美佐子に説く。しかし美佐子は阿曽の気持ちを縛るのはいやだと言う。

「結婚というものを非常に真面目に考え過ぎるからいけないんじゃない？」

「じゃあ飽きたらば又別れるか」

「そうなる訳ね、理屈の上では」

「理屈の上でなく、あなた自身の場合には？　——」

フォークを動かしていた彼女の手が、胡瓜の一ときれを突き刺したまま急に皿の上で止まった。

「——飽きる時があると思うんですか？」

「あたしは飽きないつもりなの」

「阿曽君は？」

「飽きないとは思うけれど、『飽きない』という約束をするのは困るというの」

彼にはへんに道徳的な、律儀なところがあるせいであろうか、青年時代から持ち越しの、「たった一人の女を守って行きたい」という夢が、放蕩といえばいえなくもない目下の生活をしていながら、いまだに覚め切れないのである。（中略）ルイズのような女にさえも肌を許すのに、その惑溺の半分をすら、感ずることのできない人を生涯の伴侶にしているというのは、どう思っても堪えられない矛盾ではないか。

要にとって女というものは神であるか玩具であるかのいずれかであって、妻との折り合いがうまく行かないのは、彼から見ると、妻がそれらのいずれにも属していないからであった。

「結婚というものを非常に真面目に考え過ぎるから
いけないいんじゃない？」

「じゃあ飽きたらば又別れるか」

「そうなる訳ね、理屈の上では」

「理屈の上でなく、あなた自身の場合には？――」

紋綸子に黒と煉瓦色の変わり格子に大きな輪が染められた着物に、ビルディングと薔薇の昼夜帯。染めの半衿もモダンな雰囲気。新しい時代の女性のコーディネートだった。（着物、帯：昭和初期）

◉ 義父とお久が人形芝居見物のために淡路を旅する。それに同行した要も、古い世界に魅かれる。

要は実はまだこの女のほんとうの歳を知らなかった。老人の好みで、風通だとか、一楽（いちらく）だとか、ごりごりした鎖のように重い縮緬の小紋だとか、もう今の世では流行らなくなってしまったものを五条あたりの古着屋だの北野神社の朝市などから捜して来ては、その埃くさいぼろのようなのをいやいやながら着せられて、地味に地味にと作っているので、いつも二十六、七に見えるのだけれど、——そして老人との釣り合いの上、聞かれればそのくらいに答えるようにいいふくめられているらしいけれど、（後略）

光の反射が座敷の四方をきらりと一と廻りした。お久が梳櫛を口にくわえて、一方の手の親指を右の鬢（びん）のふくらみの中へ入れながら、合わせ鏡をしたのである。

「お風呂が湧いてますよって、今の間に一と浴びおしやしたら？」

思えばこの春からしきりに機会を求めては老人に接近したがったのは、自分では意識しなかったところの外の理由があったのかも知れない。そういう途方もない夢を頭の奥に人知れず包んでいながら、それで己れを責めようとも戒しめようともしなかったのは、多分お久というものがある特定な一人の女でなく、むしろ一つのタイプであるように考えられていたからであった。

乱菊物語

『東京朝日新聞』『大阪朝日新聞』
1930年（昭和5）3月～9月（未完）

あらすじ

戦乱の室町時代、播州の赤松家と浦上家、それぞれの若き当主は、なにかにつけて競いあっていた。

　この地には、美しい遊女・かげろうがおり、彼女が望んだ宝が明国から届く寸前に何者かに奪われ紛失した。この宝を探してきた者に身をまかせると、かげろうが宣言したため、大変な騒ぎになり、赤松・浦上の当主も張り合う。祭の日、不思議にも空から宝が降ってきて「海竜王」を名乗る幻術師が現れ、自分の手柄と言い、かげろうの婿になる権利を主張した。婚礼の夜、幻術師の前に正体不明の若者が現れ「我こそ海竜王なり」と主張し、幻術師の嘘をあばく。

　赤松・浦上の当主は、京都の公家のお姫様を側室に迎えようと、またまた競いあう。当時、公家の中には、生活に困窮して、美しい娘を武士の側室に差し出す家があった。それぞれの配下の者が苦労して姫をみつけてきたが、赤松は惚れこみ、浦上は気に入らずに京へ返してしまう。おもしろくない浦上は赤松の鼻をあかすため、赤松の側室を盗み出す。

Column

アニメのストーリーとしても通用するイキのよさ

谷崎が「大衆文学」として書いた作品である。幻術師・幽霊船・海賊・伝説の美女などが次々と登場して驚きに充ちた場面をくりひろげる一方で、没落貴族の美しい娘を探して側室に迎えたいと主人から命を受けた武士が京に上る。首尾よくあるお姫様の浴室にしのび入ったと思えばそれは盗賊たちの策略で、武士はあわや蒸し焼きにされるところだったというドンデン返し。

　個性が際立つ多彩なキャラクター、スリルと意外性に満ちた展開、それらをユーモアあふれる会話によってつなぐ……今から九〇年近く前に書かれた物語ながら、現代のアニメーションのストーリーとしても通用しそうなイキの良さを持った作品である。前編のみのまま中断され、後編は書かれなかった。（N）

＊89頁掲載の絵は『乱菊物語』1949年（昭和24）創藝社
北野以悦／画
＊90～91頁掲載の絵は『乱菊物語』1949年（昭和24）創藝社
北野 恒富／画

北野恒富（きたの・つねとみ）
1880～1947年（明治13～昭和22）、石川県生まれ。木版画彫刻師の門下を転々としたのち稲野年恒に入門。1899年（明治32）11月には月刊新聞『新日本』の小説挿絵を描き、挿絵画家としてデビュー。1910年（明治43）文展に初入選し、日本画家としても名を知られる。画塾「白燿社」を主宰して多くの門下生を育てた。

◉北野以悦（きたの・いえつ）
北野以悦（きたの・いえつ）1902〜72年（明治35〜昭和47）、大阪府生まれ。京都市立絵画専門学校卒業後、青甲社に入る。菅楯彦の家に住み込みで修行。日展に出品して入選。戦後は広島県瀬戸田の耕三寺で仏画制作や仏像の彩色に携わる。

◉ 播州室の津沖に中国・明から張恵卿（ちょうけいきょう）の商船団がやってきた。

◉ 室の津には絶世の美女かげろうという遊女がおり、張はその笑みを買うために、約束の宝物・羅綾（らりょう）の蚊帳（かや）を運んできたのである。

◉ 港に入る直前、船は幽霊船に襲われたかのように消えてしまった。宝は海に沈んだのであろうか？　かげろうは小五月の祭までに宝を見つけて来た者に身をまかせると布令（ふれ）たので、人々はいろめきたった。ところが、今度は、海竜王と名乗る者が「当日宝を持参する」と宣言し、さらに話題は沸騰した。

◉ 祭の日、かげろうの姿をひと目見たいと集まった人々の頭上に羅綾の蚊帳が降ってきた。一羽の鳩がくわえて飛んできたのである。

◉「我が海竜王」とかげろうの前にすすみ出たのは、幻術を見世物とする法師であった。赤松・浦上の家臣は法師の正体をあばこうとするが、法師は鼠に姿を変えて逃げた。

◉ かげろうの婿に決まった幻術の法師であったが、婚礼の夜に一人の若者が突然現れて法師をねじあげた。法師の幻術を封じ、「我こそ海竜王である」と言う。

羽織も着物も全体が無地の蝦色（えびいろ）で、
草履の鼻緒や、
羽織の紐にまで蝦色を使い……——「痴人の愛」

明るい納戸地のところどころに
菜の花をあしらひ、
肩のあたりへ蝶々を飛ばした——「夏菊」

臙脂色（えんじいろ）
黒みをおびた深く艶やかな紅色。古くからあった色だが、化学染料が広まった明治中期から頻繁に使われるようになった。

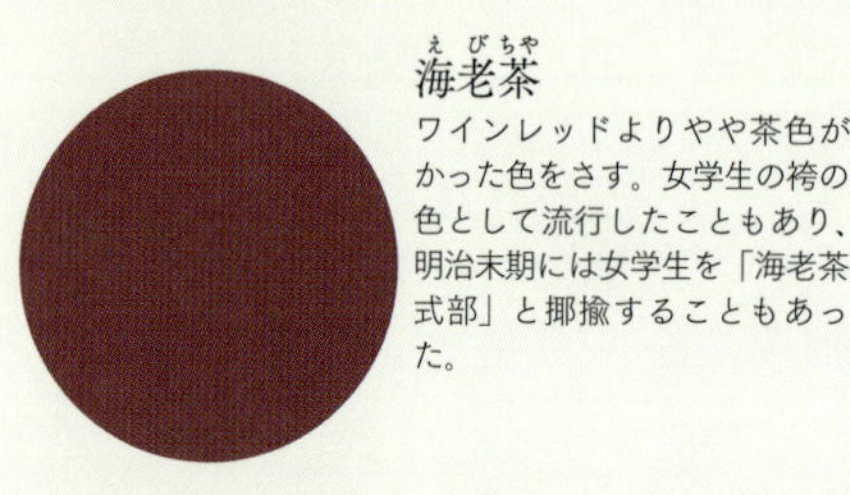

海老茶（えびちゃ）
ワインレッドよりやや茶色がかった色をさす。女学生の袴の色として流行したこともあり、明治末期には女学生を「海老茶式部」と揶揄することもあった。

煉瓦色（れんがいろ）
日本で煉瓦が製造されるようになった明治以降に誕生した色名。次々に建設される洋館は文明開化の象徴でもあったことから煉瓦色は文学者などが好んで使った。

蝦色（えびいろ）
ワインレッドに近い色合い。海老色ともいう。イセエビの甲羅の色に由来した色名だが、山ブドウのエビカズラから名づけられた葡萄色と色、音が近いことから混同され、今ではあまり使われない色名。

明治末期〜昭和初期

谷崎文学の「色遣い」

西洋文化は「日本の色」を大きく変えた。今、「煉瓦色（れんが）」はポピュラーな色名だが、これも、日本で煉瓦製造が始まった明治半ばに生まれたもの。化学染料が本格的に輸入されたのも同時期で、それまで日本にほとんどなかった鮮やかな色が染料に使われはじめた。新橋芸者の間で流行した「新橋色」も日本の風景に登場した新しい色だ。

「肉塊」の主人公吉之助は、自分の住んでいる街や周囲を「すべて色彩のない、あじきなく詰まらないもの」と思っている。海外への憧れでいっぱいだ。「痴人の愛」の主人公譲治も当時の典型的な「西洋かぶれ」だ。

ところが、大正末期、関西に移住してからの谷崎は日本文化の美に開眼する……かつて、色彩に乏しくつまらないと書いた日本家屋にも興味をもち、暗がりの美を称える「陰翳礼讃」を発表した。西洋趣味を経てたどりついた日本の美。どちらの世界も色彩であふれている。（O）

孔雀緑

明治時代に西洋から伝わったピーコックグリーンを和訳したもの。孔雀の羽のような鮮やかな青緑色のこと。アール・ヌーヴォーの時代に孔雀は西洋でも人気のあるモチーフで、羽根は髪飾りにも使われた

鴇色

朱鷺色ともいう。朱鷺の風切羽の色。やや紫に近いピンク。江戸時代に生まれた色名で、当時は朱鷺がいたるところで見られたことからイメージしやすい色だったようだ。着物の色として若い女性に好まれた。

平和色

第一次大戦に勝利した翌年の1919年（大正８）の流行色。若竹色（わかたけいろ）に近い色で、戦勝の意味を込めて、平和色と名づけられた。別名大正緑。この年は月桂樹の葉のような色を新勝色などつけた戦勝色あふれる色名が登場。

今　紫

青みを帯びた鮮やかな紫色のこと。現代では江戸紫といわれることが多い。赤みを帯びた紫は京紫と呼ばれる。なお、今紫に対して、京紫のことを古代紫ともいう。

亜麻色

明治以降に使われるようになった色名。亜麻を紡いだ色のような黄色がかった薄茶色。ドビュッシーの「亜麻色の髪の乙女」が有名なことから欧米人女性の明るいブラウン系の髪色をさすことが多い。

鳩羽色

鳩の羽根のようなグレイッシュな薄い青紫色のこと。明治以降着物の色として流行。グレイ寄りの鳩羽色が鳩羽鼠、紫の強い鳩羽色が鳩羽紫といわれた。

菜の花色

もとは菜種色と言われた。明るい緑っぽい鮮やかな黄色のことで、明治時代以降に菜の花色と呼ばれるようになった。1925年（大正 14）の流行色。もう少し青みが強くなると檸檬（レモン）色と呼ばれる色名になる。

新橋色

明治時代に化学染料が伝来したことから染めることができるようになった鮮やかな色合。明るい緑がかった鮮やかな青色で、東京・新橋の芸者が好んだため新橋色と呼ばれた。別名金春色。芸者の置き屋が新橋の金春新道にあったため。

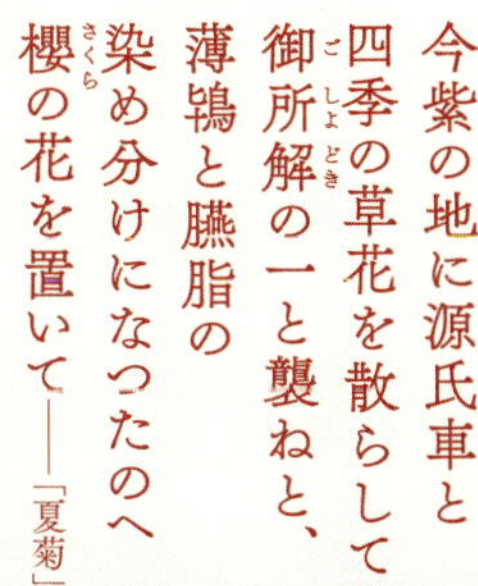

今紫の地に源氏車と
四季の草花を散らしてある
御所解の一と襲ねと、
薄鴇と臙脂の
染め分けになつたのへ
櫻の花を置いて――「夏菊」

納戸色

緑色を帯びた深い青色のこと。藍染めでつくられる色の一種で、赤みが強いものを縹（はなだ）といい、赤みが少なくややグレイがかった色を納戸色という。江戸城内の納戸の垂れ幕や風呂敷に使われてきた色。

谷崎潤一郎の書跡

谷崎は用途に応じて、字を使い分けていたようだ。上図では手紙文で流麗な草書を用いているが、左頁の原稿は楷書で書かれている。原稿の文字は、誤植されないように、常に楷書ではっきりと大きく書いた、と谷崎は随筆「雪後庵夜話」の中で語っている。（N）

現在の私は右手が不自由になった結果、已むを得ず筆記者を頼んで、その人と二人デスクに差向いに相対しているが、数年前迄は執筆中は何人をも近づけず、一字々々念を入れて、丁寧に枡に篏めて行った。丹羽文雄君は速筆家として有名であるが、往年の私は恐らく比類のない遅筆家であつた。誤植を恐れる私は、仮名を書くのにも決して続け字をしなかつた。漢字は楷書で、一つ一つ切り離して枡目に一杯に大きく書く。久保田万太郎君のような、髪の毛がちらばったような、果敢ない、細い、鼻糞のような文字は嫌いで、ペン、鵝ペン、鉛筆、万年筆、毛筆、いろいろ使ったことがあるが、知らず知らず文字に力が這入るので、原稿用紙に孔を開けたり、下の紙に痕をつけたりする。私の右手の運動が自由を欠くようになったのは、こんな工合に腕に無用に力を入れ過ぎたことが原因の一つになっているが、それが又遅筆家の理由の一つでもあったので、口述の癖がついてからは却っていくらか進行が早くなつた。

（「雪後庵夜話」一九六七年［昭和四二］初版 中央公論社。なお、初出は一九六三年［昭和三八］六～九月『中央公論』）

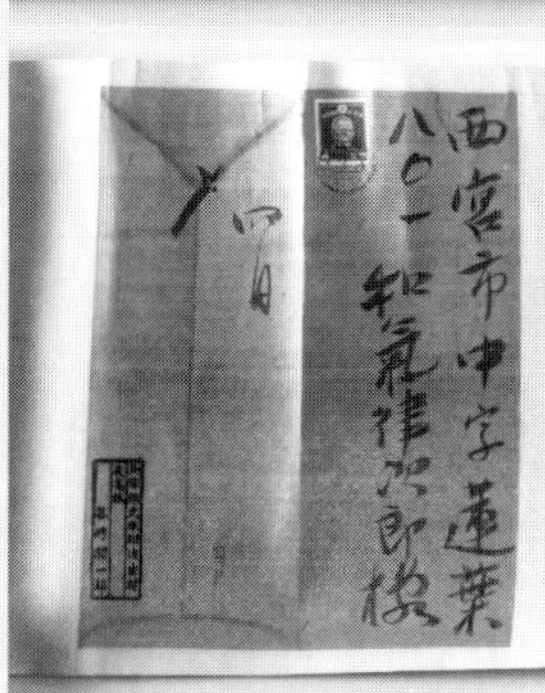

和気律次郎宛書簡　昭和13年2月4日
手紙文によると、谷崎はあて先の和気氏を通じて奥村氏という人物からご招待を受けたらしく「私の方は目下のところ十五日以降先約もありませんからそちら様の御都合宜しき日」にしてくださいと答えている。和気律次郎は、『大阪毎日新聞』の記者として谷崎を担当。

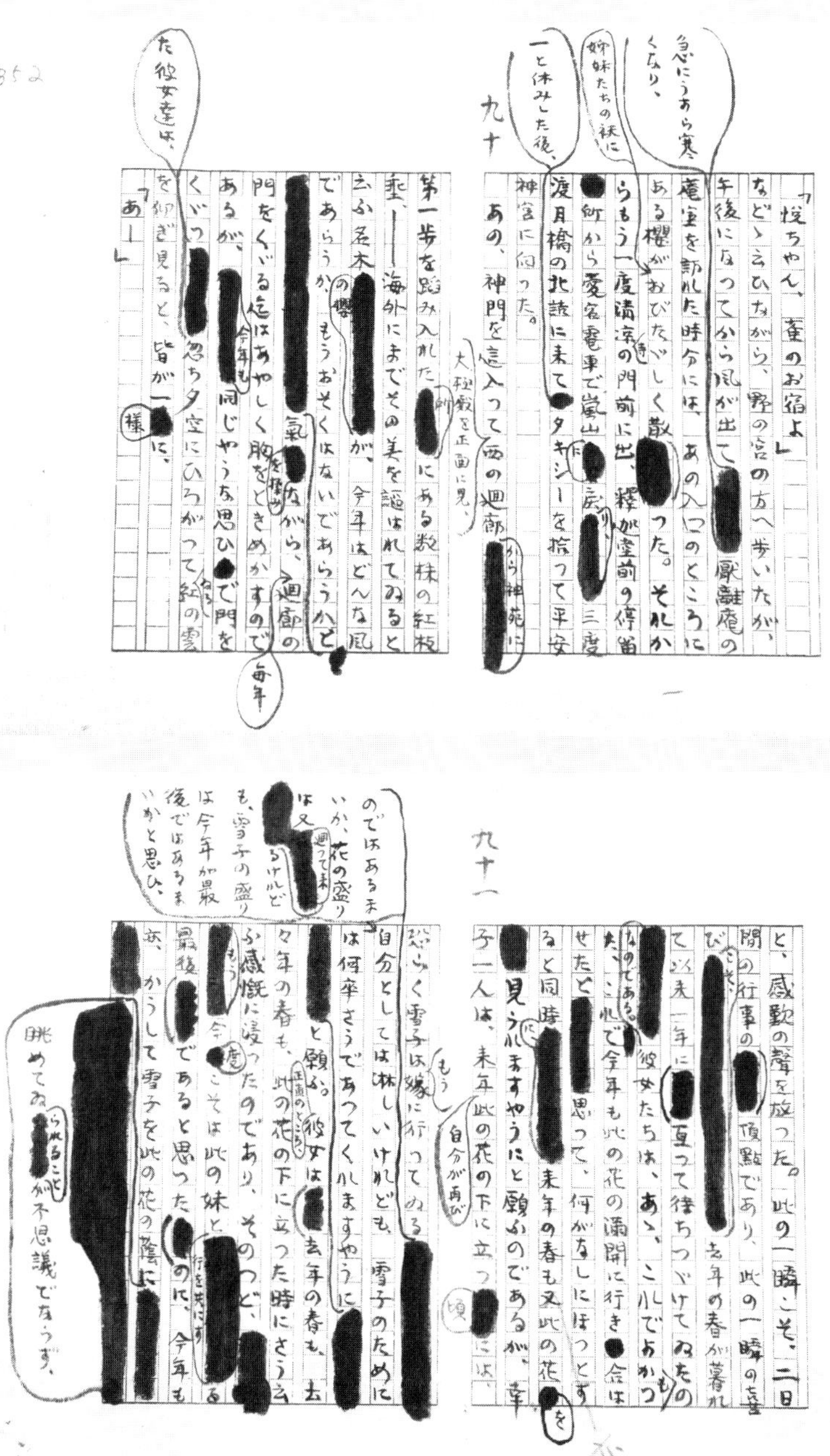

「細雪」原稿。

春琴抄

『中央公論』1933年（昭和8）6月

あらすじ

春琴は大阪の大店の娘で、九歳のときに失明したあとに習った三味線で天才を発揮した。盲目の春琴には丁稚の佐助が常に付きしたがったが、彼は春琴を敬い、熱情を持って仕えた。佐助は隠れて三味線を始め、その後春琴に教わるが、彼女の稽古は峻烈を極めた。しかし彼の春琴に対する崇敬の念は変わらなかった。

春琴は佐助を婿にするよう家族からすすめられても断ったが、二人の間には子どもができ、養子に出した。春琴と佐助は家を出る。男女の仲となっても、春琴は佐助を同等の者とは認めず、佐助も喜んで目下の立場に甘んじた。

ある晩、春琴の高慢さを憎んだ者が、彼女の顔に熱湯を浴びせ、美貌は損なわれた。包帯の取れる日、春琴は変貌した自分を佐助に見られることを嫌がった。佐助はみずからの目をつき「これで見ることはできません」と春琴を安心させるのであった。

お太鼓結びが生まれたのは大正時代。町人のお嬢さんということで角出しにしてみた。

Column

「ひれ伏したくなるような貴女」

谷崎が三度目の妻・松子にあてた手紙の中には「芸術家は絶えず自分の憧憬する、自分より遥かに上にある女性を夢見ているものでござりますのに、」という一節がある。谷崎の理想の女性像の一タイプが「ひれ伏したくなるような貴女」であり、春琴はまさにそのような女性で、佐助は谷崎自身の心情の代弁者と見ることができよう。春琴のために自らの目を傷つけ盲目となる展開にも、谷崎のマゾヒスティックな面が表れている。

執筆当時、谷崎は松子と恋愛関係にあり、松子を「ご寮人様」と呼んでかしずき、下僕のように振る舞ったことから、本作のインスピレーションをもたらしたのは松子であると言われている。

関東大震災を契機に関西に移住した谷崎は、日本の伝統が色濃く残る地で、新たな芸術的境地を開いたが、本作はその芳醇な結実であった。（N）

羽二重の振袖に小さな唐子がたくさん描かれた更紗の帯を合わせて。江戸から明治の着物は意外と地味な色柄だが、つややかな絹の着物を身につけたのは一部の特権階級。（着物：明治後期　帯：大正末期〜昭和初期）

春琴が身につけた着物について具体的に書かれている箇所はないが、非常に贅沢だったとある。

> 彼女は又非常にお洒落であった失明以来鏡を覗いたことはなくとも己れの容色については並々ならぬ自信があり衣類や髪飾りの配合などに苦労することは眼明きと同じであった思うに記憶力の強い彼女は九歳の時の己れの顔立ちを長く覚えていたであろうし……

自分で見ることはできないが、丁稚の佐助が着物も帯も半衿もすべて説明して、彼女自身が選んでいたのだろう。

春琴二〇歳の頃は江戸時代末期。江戸末期から明治中期の商家のお嬢様のイメージで羽二重の振袖を用意した。羽二重は光沢のある薄い素材で、明治時代には婚礼衣装にも用いられていたものだ。裾にはふきがたっぷり入り、裾を引いて身につけることもできる。

（O）

あらすじ

敬助は大店の旦那であったが、店の経営が破たんした。これまで住んでいた邸宅から小さな借家に移り、債権者に追われる日々が始まり、家計費は妹の由良子の懐をあてにしている。由良子は親譲りの財産をしっかり握っており、その中から少しずつ兄夫婦の生活に融通するのだ。しかし、これまで優雅に暮らしてきた敬助夫妻は、少ない予算で生活をおさめることがなかなかできない。息子・由太郎の牛乳を安物に換えられた文句を由良子に言いたい敬助だが、直接妹には言えず、女中のお條につらくあたってひと悶着起きる。

店が倒れた際、奉公人は皆去ったが、お條と書生の鶴七だけが残って、主人夫妻の世話を焼いている。その鶴七に由良子が好意を抱いている気配を敬助は感じとり、どうしたものかと、妻の汲子に相談する。汲子は人様のことに口出しをするのは気がすすまないと思うのであったが……（未完）

夏菊

『東京日日新聞』『大阪毎日新聞』
1934年（昭和9）8月4日〜9月8日（未完）
＊100〜107頁掲載の絵は新聞連載時の挿絵
佐野繁次郎／画

右は娘時代の松子。左は姉の朝子。松子の実家・森田家は海軍の駆逐艦などを建造した藤永田造船所の一族。

Column 裕福な商家の没落

谷崎の三度目の妻となった松子とその前夫をモデルにした作品。

谷崎は一九二七年（昭和二）、芥川龍之介のファンとして現れた松子に出会い、魅かれた。しかし、当時松子は大阪の老舗・根津商店を経営する人の妻であり、二児の母親でもあったので、手の届かぬ存在として谷崎はあきらめた。

その後一九三〇年（昭和五）に谷崎は最初の妻・千代と離婚、一九三一年に二度目の妻・丁未子と暮らしはじめたが、一九三二年（昭和七）に松子の夫の店が倒れると、松子から谷崎あての手紙が届き、二人の交際が始まった。

一九三三年（昭和八）には丁未子と事実上離婚し、翌一九三四年、松子と同居し、松子は前夫と離婚。一九三五年（昭和一〇）に谷崎と松子は挙式した。

「夏菊」は、このような経緯をたどる最中に書き出されたが、前夫・根津氏からの苦情により、中断した。

裕福な商家の没落という悲劇を、谷崎は幼少期の実家において体験している。根津氏の一家が困窮してゆく過程に、谷崎は自らの少年時代の思い出を重ねたのではないだろうか。（N）

松子が根津夫人だった時代、谷崎邸で、1930年（昭和5）撮影。前列左から森田重子（松子の妹）、松子、森田信子（松子の末妹）、谷崎の娘・鮎子、後列左から松子の夫・根津清太郎、谷崎、俳優の上山草人、谷崎の妻・千代、画家の小出楢重。

◉佐野繁次郎（さの・しげじろう）

1900～87年（明治33～昭和62）、大阪生まれ。信濃橋洋画研究所出身。小出楢重に師事し、二科展に出品する。昭和初期より横光利一の著作の装幀、挿画を多数手がける。1937年（昭和12）に渡仏しアンリ・マティスに師事し、ジョアン・ミロと交流する。戦後は二紀会の創設にかかわる。また、パピリオ化粧品の重役として活躍し、パッケージデザインも手がけた。

夫は親代々の店を閉じて多くの店員を路頭に迷わせ、このささやかな借家住まいに毎日差押えが来はしないかと怯えつつ暮らしているのではあるが、（後略）

◉妹の由良子と鶴七の仲を心配して、敬助は汲子に相談を持ちかけた。

人のことに口出しをする性分ではない汲子は、夫に答えようがなく、口ごもる。

敬助の店が倒れて、店員が皆立ち去った家に鶴七だけが残って主人夫婦の世話を焼いている。敬助は妹の由良子と鶴七の仲を監視する目的で、隣家を借り、そこに鶴七の母を住まわせようと考えた。

◉「一緒に住めたら親孝行になるだろう」という名目で、母親との同居を言いだされ、鶴七は困惑した。鶴七とて、将来に希望のないこの家にいつまでもいるわけにはいかないと考えていた矢先のことだった。しかし由良子に対する気持ちは、思い当たるふしがあった。

◉ 汲子から頼まれた質屋への使いと、母に同居の相談をするために家を出た鶴七を、由良子が追いかけてきた。

◉ 由良子は、母親にどう言うつもりかと鶴七を問いただす。鶴七も心が決まっていないので、答えようがなく、荷物をぶらぶらさせるばかり。

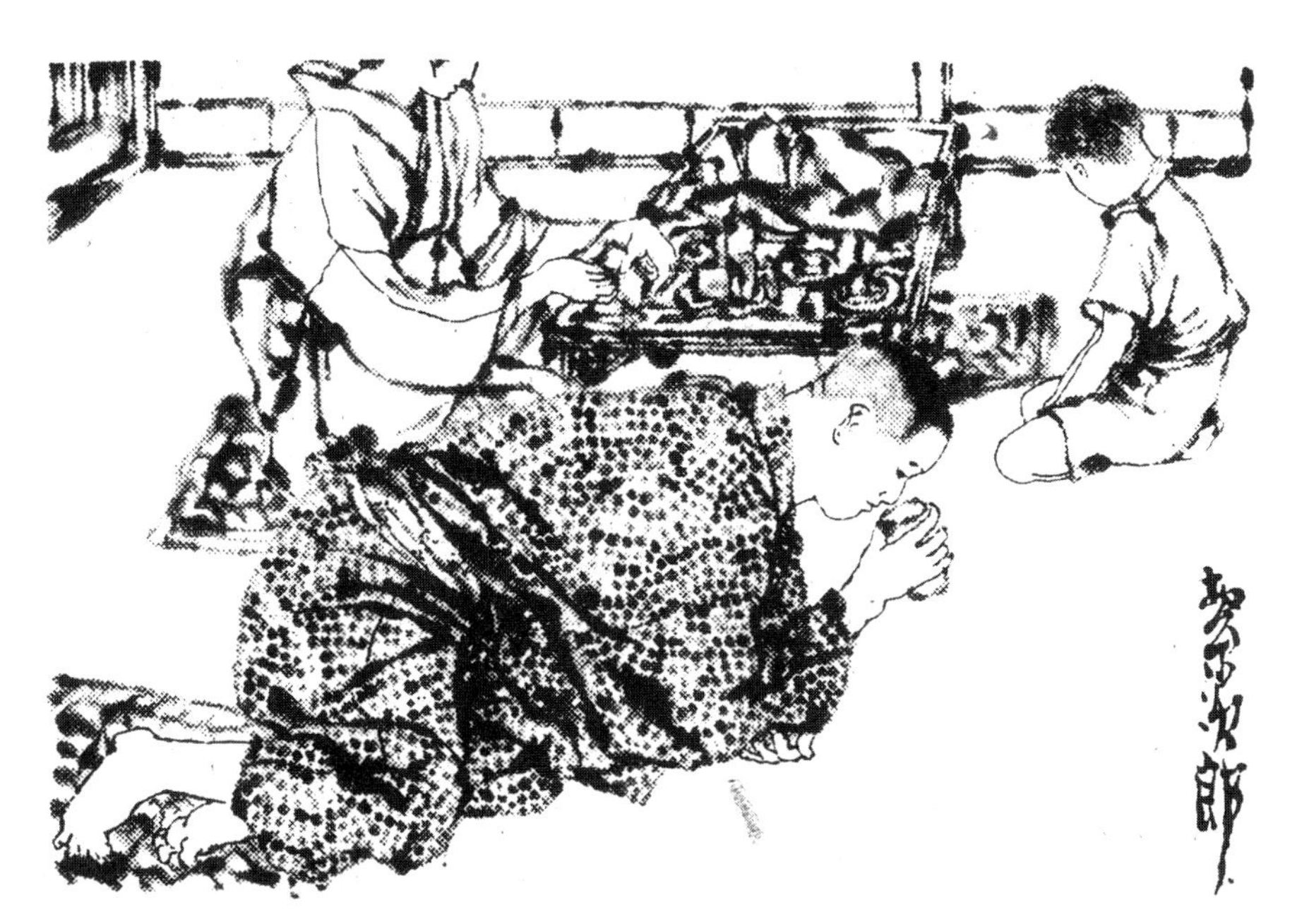

◉ 息子の由太郎が最近牛乳を飲まないことに疑念をもった敬助が臭いをかいでみた。由太郎は牛乳の臭みを嫌うので、これまでは特別なものを取り寄せていたのであるが、それは臭い安物だった。

◉ 激怒した敬助が、下働きのお條を呼びつけた。

◉ お條は、由良子から渡される少ない金で台所を切り盛りせねばならず、大変な思いをしている。そんな苦労も知らない敬助に怒鳴りつけられ、お條は悔し涙が出てきた。

「……なんぞ、お買い物でもございませんでっしゃろか」
「はあ」
という声と一緒に、カタリと微かな音をさせて筆を筆架に臥かせた彼女は、猫が身を起すような、しとやかさと大儀さとの交ったこなしで机の傍を離れると、埃でザラザラした畳の上を、足の裏を汚すまいという心づかいをして歩いて、衣裳箪笥の抽出しを開けた。そうして鬱金（うこん）の風呂敷に包んだものを持って来て、それを鶴七の前に置いた。

「そしたら、これを持って行って、……」
「御誂」と書いてあるたとうに、小袖だたみにしてしまってあるものを、形を崩さぬように取り出して、ずり落ちた薄紙の皺を一つ一つ丁寧に伸ばして模様の上へあてがいながら、彼女はそれを本身（ほんみ）だたみにたたみ直すのであった。

汲子が衣装箪笥から出してきた着物はどれも贅をこらした品ばかり。なかには鶴七の記憶にある着物もあった。

むかし、菊五郎の保名（やすな）の舞台から思いついて、明るい納戸地のところどころに菜の花をあしらい、肩のあたりへ蝶々を飛ばした春の訪問着がその中にあった。これはその時分、下絵を京都の画家に頼んだことがあって、その画家の家へ使いに行かされた鶴七にも見覚えのある品であった……

「保名」とは歌舞伎舞踊のひとつ。一九二二年（大正一一）、六代目尾上菊五郎がそれまでとは演出を変え、菜の花が広がる幻想的な舞台をつくりあげ、大人気となった。その舞台を見て、画家に頼んだ柄というのがなんとも贅沢だ。汲子が大店の奥様として芝居を見に出かけたり、着物を誂えたり何不自由なく暮らしていた日々が目に浮かぶ。

大正から昭和初期の着物の中にはだれかの特別注文であろう個性的な着物

菊五郎の保名の舞台から思ひついて、
明るい納戸地のところどころに
菜の花をあしらひ、
肩のあたりへ蝶々を飛ばした
春の訪問着がその中にあつた。

これは「明るい納戸地のところどころに菜の花」を染めた色留袖。揚羽蝶が刺繍で入っている。合わせた帯は織りの袋帯。古典的な柄が明るい色合いで入った華やかなもの。半衿や帯揚げは春らしくピンクを利かせて。（着物、帯とも：昭和初期）

をよく見かける。そのまま、娘や孫に受け継ぐ場合もあるが、時代の変化の中でお金の工面のために質屋へ渡るものもあった。汲子の着物も生活の足しに質屋へ渡ることになる。（O）

◉「貧乏になった自分たち主人夫婦をばかにしているのだろう」と敬助に口汚くののしられて、さすがのお條も腹を立てた。敬助はお條を叱るふりをしながら、実はそれを由良子に言いたいのであった。親からの財産の分け前を由良子は失くさずに持っており、敬助夫婦は今やその金で食べているのだ。由良子が金を出ししぶることに、敬助は抗議したいのだができず、代わりにお條にあたるのだ。

◉ お條の洗濯を手伝いながら鶴七が、主人はお條に立腹しているわけではないと、慰める。言われなくても、そんなことはお條にもわかっていた。

◉ これまでの恩を考えて下働きを続けてきたお條であったが、そろそろ自分もこの家を出ようかと考えずにはいられなかった。

◉ これまで家事をしたこともない汲子のことを考えると、お條は心迷うのである。敬助は、金なら自分が出すから、牛乳も以前の高級品に戻せと言うが、これまで支払いのときに金を出してくれたことはなかった。そういうときにはいつも汲子が、自分の着物を処分して金を工面することを思うと、気の毒でお條はため息が出るのであった。

谷崎が写した松子。

泣き顔を隠すという気持が全くない。
強情っぱりの、決して涙を見せまいとする
江戸の女を見馴れている私には、
これは一つの驚きであるが、それが又彼女の魅力であり、
さう云ふ弱さに江戸っ子はついホロリとして絆される。

谷崎は『中央公論』に連載した「雪後庵夜話」というエッセイで松子が根津夫人だった頃の思い出を語った。困窮してゆく根津家の様子は、「夏菊」に描かれた一家そのものである。零落しながらも、美しさと心の豊かさを失わない松子たち姉妹への感動が、のちの「細雪」に結晶したのであろう。

（N）

M子は既に妻の権利を失って、家の経済はN子が握っていた。二人の姉は小遣いが必要になると、子供が母親にせびるようにしてN子の手からそのたびごとになにがしかを貰っていた。それだけでは足りる訳がないので、虎の子のようにして秘密筐に隠し持っていた宝石類を、一つ、二つ、というように、こっそり処分していたらしい。名義上の妻のM子と、特殊な関係のN子とは已むを得ないとしても、黒塚の鬼でも棲みそうな家に、ほっそりとした清楚なS子が、今にも誰かに汚されそうでいて微塵も汚れに触れることなく生きているのを、私はいつも何か不思議を見るような目で眺めていた。いや、S子ばかりではない、M子もN子も、そんな荒屋の中にいて、昔の心の豊か

そんな荒屋の中にゐて、
昔の心の豊かさを失はず、誰の前に出ても
気後れする風がなく、
依然としてそれぞれの美しさを保つてゐた。

——「雪後庵夜話」

右の写真で松子が着ている着物と似た雰囲気の染めの小紋。大きなチェックは洋服を意識したものだろう。花束の柄の染めの昼夜帯を合わせて。たっぷり見せた半衿も松子っぽく。（着物：昭和初期〜中期　帯：昭和初期）

さを失わず、誰の前へ出ても気後れする風がなく、依然としてそれぞれの美しさを保っていた。老母は二階の奥の間に閉じこもっていて、清太郎氏と三人の姉妹は階下で暮らしていたが、畳は破れ赤ちゃけて芯が露われ、障子は穴だらけになった一と間に鏡台を据えて、相も変らず身だしなみを怠らずしていた。

（「雪後庵夜話」『中央公論』一九六三年［昭和三八］六〜九月号、一九六四年［昭和年三九］一月号）

あらすじ

石田三成は関が原の合戦に敗れ、河原で首をさらされた。遺児のうち、娘のひとりは乳母に付き添われて逃げ、父の首を拝むことができた。そこに盲目の法師・順慶が現れた。以前は三成に仕える武士であったという順慶は、三成から命じられ、盲目のふりをして豊臣秀次の謀反の動きを探った。不穏な動きはひとつも確認できなかったが、三成からは、「秀次に謀反の疑いあり」との報告を半ば強要された。「盲目の真似をしていることに、云い知れぬ恐ろしさを覚え」、順慶は小柄をもってみずからの眼を抉り取った。

三成の策謀によるものなのか、ついに秀次は謀反のかどで処刑され、側室たちや幼い子どもたちまで三四人が、この世の地獄絵巻さながらの光景を繰り広げて殺され、屍を埋めた場所は「畜生塚」と呼ばれた。その後順慶は、畜生塚の傍らに住み、彼らの霊を慰め続けているのだと言う。

聞書抄（第二盲目物語）

『東京日日新聞』『大阪毎日新聞』
1935年（昭和10）1～6月

＊110～111頁掲載の絵は
新聞連載時の挿絵
菅楯彦／画

彼女は乳母に手を執られながらも母の傍を離れまいと一生懸命に「いやいや」をして身を悶えた。だがそのうちに渦巻く火焔が母との間を隔ててしまい、（後略）

菅楯彦（すが・たてひこ）
1878～1963年（明治11～昭和38）鳥取県生まれ。塩川文麟門下の父に日本画を学ぶ。貧窮に悩みながらも独学で画業を進めた。画風は写生を基にしながら歴史、郷土芸能や民衆風俗を主題にした作品が多い。

Column　谷崎作品の挿絵画家

谷崎作品の挿絵画家として「蓼喰ふ虫」の小出楢重、「小将滋幹の母」の小倉遊亀、「鍵」「瘋癲老人日記」の棟方志功が有名であるが、本作の挿絵を描いた菅楯彦も本作の他に「細雪」「月と狂言師」の装幀等、谷崎の仕事を何度も手がけている。

この菅楯彦に関しては、竹久夢二の書簡にもその名が見える。それは恋人だった笠井彦乃にあてた一九一七年（大正六）の手紙である。その頃夢二は京都にいて、東京から彦乃が越してくるのを待っていた。京都では日本画の修業も目的としていた彦乃に「菅楯彦は四十五六でたいへんおとなしい人で師匠にはよいだろうと言っていた」とあり、彦乃の師匠候補であったようだが、結局実現しなかった。

夢二と谷崎はともに一九一九年（大正八）頃、東京本郷の菊富士ホテルにいたことがあったがほとんど接触はなく、一回だけ一緒にトランプをしたと夢二が書いている。（「谷崎潤一郎氏の印象」『中央文学』一九二〇年［大正九］六月一日発行）。また、谷崎の『情話新集第六編　お才と巳之介』（一九一五年［大正四］新潮社）は夢二が表紙を描いた。（N）

治部少輔殿がさまざまの人を道具に使うてまことしやかな噂を立てさせ、事を大きくなされたようにも、取れるかもしれませぬ。さ、それをお身たちは、愚僧が好い加減な嘘を構えて、三成公を讒者にするのだと、仰っしゃるでもございましょうが、（後略）

父をはじめ三人の首は水口の城で自害をした長束大蔵大輔の首と一緒に、その日のうちに三条橋の角に懸けられたのであったが、（後略）

『谷崎潤一郎新々訳源氏物語』1964～65年（昭和39～40）中央公論社　安田靫彦／装幀

「源氏物語」の現代語訳

「源氏物語」口語訳を谷崎は三回手がけた。

一回目は、一九三九～四〇年（昭和一四～一五）年刊行の『潤一郎訳源氏物語』全二六巻（中央公論社）。一九三五年（昭和一〇）に中央公論社社長の嶋中雄作からすすめられて開始し、一九三八年（昭和一三）秋に脱稿。軍国主義的な時代であり、軍部へ配慮して一部を削除したものであった。

二回目は、一九五一～五四年（昭和二六～二九）刊行の『潤一郎新訳源氏物語』全一二巻（中央公論社）で、一回目の削除部分を復活させた完全版。

三回目は一九六四～六五年（昭和三九～四〇）刊行の『谷崎潤一郎新々訳源氏物語』全一〇巻別館一巻（中央公論社）。新仮名遣いを採用するに当たって手が加えられたのであった。

三度取り組んだ「源氏物語」であるが、谷崎は源氏の行動そのものには共感しかねるところがあったようで、随筆「にくまれ口」には次のような一節がある。

……そういうお方のことばかりが心に懸っているという一方で、空蝉や軒端の荻や夕顔などに手を出すというのからして理解しかねるが、それはまあ許すとしても、ほんの偶然のめぐり合わせでゆくりなく縁を結んだ女どもを捉えて、「年頃思いつづけていました」とか、「死ぬほど焦れていた」とかいうようなお上手を言うのは許し難い。いかに時代が違うからといって、藤壺のような重大な女性を恋しながら、ふとした出来事で興味を持っただけに過ぎない通りすがりの女に向って、いとも簡単にあなたを思いつづけていたとか、死ぬほど焦れていたとか、言う気になれるものであろうか。そんなことが冗談にも言えるとすれば、それは藤壺というものを甚しく侮辱することになる。源氏物語の作者は光源氏をこの上もなく贔屓にして、理想的の男性に仕立て上げているつもりらしいが、どうも源氏という男にはこういう変に如

（N）

『谷崎潤一郎新々訳源氏物語』第7巻「横笛」挿絵　1965年（昭和40）　中央公論社　太田聴雨／画

才のないところのあるのが私には気に喰わない。（中略）
　源氏の身辺について、こういう風に意地悪くあら捜しをしだしたら際限がないが、要するに作者の紫式部があまり源氏の肩を持ち過ぎているのが、物語の中に出てくる神様までが源氏に遠慮して、依怙贔屓をしているらしいのが、ちょっと小癪にさわるのである。
　それならお前は源氏物語が嫌いなのか、嫌いならなぜ現代語訳をしたのか、と、そういう質問が出そうであるが、私はあの物語の中に出てくる源氏という人間は好きになれないし、源氏の肩ばかり持っている紫式部には反感を抱かざるを得ないが、あの物語を全体として見て、やはりその偉大さを認めない訳には行かない。
（『婦人公論』一九六五年［昭和四〇］九月）

ほんの偶然のめぐり合わせで
ゆくりなく縁を結んだ
女どもを捉えて
「年頃思いつづけていました」とか、
「死ぬほど焦れていた」とか
いうような
お上手を言うのは許し難い。
——「にくまれ口」

太田聴雨（おおた・ちょうう）
1896～1958年（明治29～昭和33）、宮城県生まれ。川端玉章門下・内藤晴州の内弟子として日本画を学ぶ。1913年（大正2）巽画会で初入選。1918年（大正7）青樹会が設立され、中心メンバーの一人として活躍。その後前田青邨に入門して再出発。昭和5年（1930）、第一回美術院賞を受け、一躍脚光を浴びた。

鍵

『中央公論』
1956年(昭和31)1月・5月～12月

あらすじ

大学教授の夫は年齢からくる精力の減退を感じているが、性的な好奇心はさかんである。妻は淫蕩だが、性に消極的なふりを装っている。妻への性欲を刺激するべく、夫は日記と門下生の木村を利用することを思いつく。日記の鍵をわざと落として、妻に自分の淫猥な欲求を盗み読みさせることと、若い木村と妻を接近させ、嫉妬心から自らの情欲を高めるのだ。

本来、娘と婚約させるつもりだった木村は、美しい妻のほうに惹かれている。家族に木村を交えての会食の席、夫は妻にブランデーを飲ませ、妻が風呂で倒れると、木村に介抱を手伝わせた。妻を寝室に運ぶと、夫は一人手元灯を点けて妻の体を隈なく眺め、その美しさに感激する。古風な貞操観念から妻が裸体を見せないことに夫は不満を抱いていた。

夫の策略は成功し、妻は木村とあやしい関係になってきた。夫は嫉妬しつつも喜ぶが、興奮しすぎて体に異状をきたし、ついにこの世を去る。

＊115～119頁掲載の絵は『鍵』第三版1956(昭和31) 中央公論社 装幀・挿絵 棟方志功／画

棟方志功(むなかた・しこう)
1903～75年(明治36～昭和50)青森県生まれ。1924年(大正13)上京し帝展や白日会などに油絵を出品し始め、1928年(昭和3)第9回帝展に入選する。1956年(昭和31)にはヴェネツィア・ビエンナーレに「湧然する女者達々」などを出品し、日本人として版画部門で初の国際版画大賞を受賞する。1970年(昭和45)文化勲章を受章。

Column 別れた女性の行く末を見守る

本作発表時、谷崎は七〇歳。年齢からくる精力の衰えを意識し、まだ若い妻の松子には「外で遊んでくれても……」と言ったらしい。谷崎は、女性との関係が保てなくなると、別な男性が現れてその女性を幸福にしてくれるように願う人だった。

最初の妻・千代との離婚前には、彼女が作家志望の青年と交際することを公認した。青年との結婚話は実らずに終わったが、最終的には、作家・佐藤春夫との再婚の見通しがついてから別れた。

二度目の妻・丁未子は谷崎と離婚後、作家で文藝春秋社の社長・菊池寛の世話で編集者と再婚した。谷崎はそのことで菊池に恩義を感じていたという。

また「痴人の愛」のヒロイン・ナオミのモデルとなったせい子は、谷崎のもとを去って別な男性と結婚したものの収入が不十分な時期があり、その間、谷崎が仕送りをした。

谷崎は女性遍歴もしたが、別れた女性については行く末を見守り続ける人であり、ただの漁色家ではなかったようだ。

本作は発表当時、国会の法務委員会で猥褻物に当たらないか、と問題になったが、今日では高齢者の性を題材にした作品の嚆矢として高く評価されている。(N)

◉ 初老の大学教授である夫は、妻の旺盛な欲望を生理的に満足させるのが困難になってきた。しかし妻には今でもまだ性的な魅力を感じている。この矛盾した状況を打開するために、夫は妻に日記を盗み読みさせ、また弟子の木村という若い男を二人の間に介在させることを思いつく。

僕ハ妻ガ一生懸命酔イヲ隠シテ冷タイ青ザメタ顔ヲシテイルノヲ見ルノガ好キダ。
妻ノソウシテイル様子ニ何トモ云エナイ色気ヲ感ジル。

僕ハ彼女ト直接閨房ノコトヲ語リ合ウ機会ヲ与エラレナイ不満ニ堪エカネテコレヲ書ク気ニナッタノダ。今後ハ僕ハ、彼女ガコレヲ実際ニ盗ミ読ミシテイルト否トニ拘ワラズ、シテイルモノト考エテ、間接ニ彼女ニ話シカケル気持デコノ日記ヲツケル。

● ある夜妻はブランデーを飲み過ぎて、浴室で昏睡状態に陥った。
夫は木村にも手伝わせて妻を寝室に運んだ。

元来僕ハ嫉妬ヲ感ジルトアノ方ノ衝動ガ起ルノデアル。

僕ハ今後我々夫婦ノ性生活ヲ満足ニ続ケテ行クタメニハ、
木村ト云ウ刺激剤ノ存在ガ欠クベカラザルモノデアルコ
トヲ知ルニ至ッタ。

僕ハ結婚後何十年間モ、暗黒ノ中デ手ヲ以テ触レルコトヲ許サレテイタダケデ、コノ素晴ラシイ肉体ヲ眼デ視ルコトナク今日ニ至ッタガ、考エテ見レバソレガ却ッテ幸福デアッタ。二十数年間ノ同棲ノ後ニ、始メテ妻ノ肉体美ヲ知ッテ驚クコトヲ得ル夫ハ、今カラ新シイ結婚ヲ始メルノト同ジダ。既ニ倦怠期ヲ通リ過ギテイル時期ニナッテ、私ハ昔ニ倍加スル情熱ヲ以テ妻ヲ溺愛スルコトガ出来ル。……

僕ハ俯向キニ寝テイル妻ノ体ヲモウ一度仰向キニ打チ返シタ。ソウシテ暫ク眼ヲ以テソノ姿態ヲ貪リ食イ、タダ歎息シテイルバカリデアッタ。フト僕ハ、妻ハホントウニ寝テイルノデハナイ、タシカニ寝タフリヲシテイルノニ違イナイト思ワレテ来タ。

◉ 妻も自分の日記を夫に盗み読みさせる。挿絵は、虫眼鏡で止めていたテープの剝がれ跡を確認し、夫が自分の日記を読んだことを確認する妻。

僕ガ僕デアルカ木村デアルカサエモ分ラナクナッタ。……ソノ時僕ハ第四次元ノ世界ニ突入シタト云ウ気ガシタ。忽チ高イ高イ所、忉利天ノ頂辺ニ登ッタノカモ知レナイト思ッタ。過去ハスベテ幻影デココニ真実ノ存在ガアリ、僕ト妻トガタダ二人ココニ立ッテ相擁シテイル。……自分ハ今死ヌカモ知レナイガ刹那ガ永遠デアルノヲ感ジタ。……

知っているともっと愉しい
着物の伝統柄

日本には独特の文様がある。立湧や露芝、橘、観世水……。昭和初期にはほとんどの人が知っていた文様も今ではその多くが着物好きだけが知る言葉になっている。「細雪」の三姉妹が「帯がキュウキュウ鳴る」と言って笑い合う描写も「観世水」や「露芝」の柄がイメージできると場面が目の前に浮かんでくるはずだ。

「夏菊」では家が傾いたため質屋に持っていく着物が細かく描写されている。「源氏車と四季の草花が散らしてある御所解きの一と襲ね」がどんな柄かわかると、隆盛を誇った時代が想像できてもっと切なくなる。

ていねいに書き込まれた着物の描写には遠くなっていく大正や昭和初期が描かれている。(O)

撫子（なでしこ）
「やまとなでしこ」の言葉があるように撫子は楚々とした女性を象徴する花。秋草の中でも人気があり、夏の着物柄としてひんぱんに使われた。

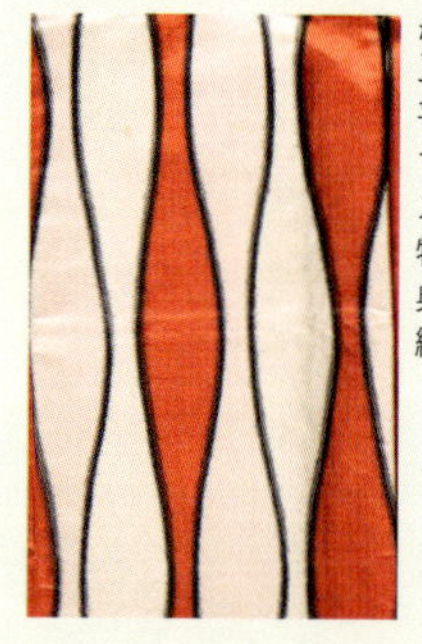

立湧（たてわく）
平安時代の公家装束にも使われていた文様のひとつ。簡潔でリズミカルな文様なので現在も着物柄でよく見かける。銘仙は古典柄を大胆な大きさ、色合いで織り上げたものが多い。

麻の葉（あさのは）
日本独特の文様で、現代でも和柄でよく見かける。まっすぐに伸びる麻の葉から健康の意味をもち、産着や乳児のおしめに使われることも多い。

御所解き（ごしょとき）
山水の風景や御殿の家屋、柴垣などが描かれた風景の文様。もともと大名の奥方や御殿女中たちが着た意匠だが、明治時代になって町人も身につけるようになった。

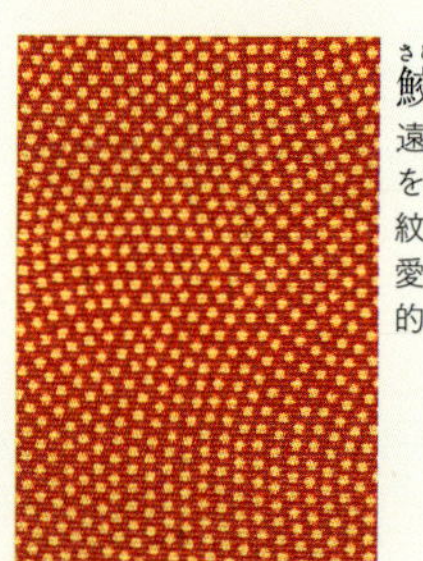

鮫小紋（さめこもん）
遠目では無地に見える細かな柄を競い合って作った大名の裃小紋は、粋を好む江戸の町人にも愛好された。鮫小紋はその代表的なもので紀州藩徳川氏の柄。

大小霰（だいしょうあられ）
鮫小紋（さめこもん）と同じく大名の裃（かみしも）から生まれたもので、大小霰は薩摩藩島津氏の柄。現在、鮫小紋や大小霰は江戸小紋と呼ばれるが、そう呼ばれるようになったのは無形文化財に指定された 1955 年（昭和 30）から。

「これにしなさい」
と、妙子が観世水の
模様のを選び出した。
「そんなら、
あの、露芝のんは」
——「細雪」

花菱亀甲（はなびしきっこう）

六角形の亀甲紋は亀の甲羅に由来したもの。長寿の象徴のおめでたい柄。花菱は鎌倉時代から使われている柄で菱形を変形し花を模したもの。写真の着物では梅、橘、牡丹の柄も。

七宝（しっぽう）

平安時代の衣裳に端を発する文様の一つ。四枚の細長い葉っぱをつなぎ合わせたような柄。写真の赤い柄が七宝。途中で中断しているので破れ七宝という。

唐子遊び（からこあそび）

中国風の衣裳を着て、中国髪の童子が唐子。家族繁栄の象徴として人気があった。遊んでいる姿を描いた「唐子遊び」文様が多い。

露芝（つゆしば）

早朝の芝草に宿る露を表現した文様。鎌倉時代から衣裳に使われるが、夏の着物や帯に多い文様。写真は大正時代の丸帯。

虫籠（むしかご）

涼しげな印象があることから夏の着物に秋草と虫籠の組み合わせは少なくない。これは刺繍で萩、撫子、鈴虫が籠の外に。背景に観世水、地紋に露芝の柄が入った清涼感ある丸帯。

鯉・睡蓮（こい・すいれん）

中国では、鯉が急流を昇り、やがて龍になるという伝説があるおめでたい柄。睡蓮は水辺の涼しさを思い起こす夏らしい柄。

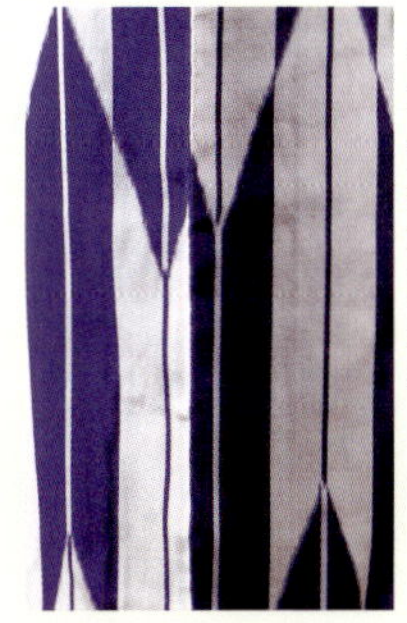

矢絣（やがすり）

矢羽の織り柄で、文様が少しずれて生じた独特の「かすれ」がある。矢絣文様は明治時代以降に流行。女学生は銘仙やお召の矢絣に袴をつけ、編み上げ靴や草履で通学した。

あらすじ

千倉磊吉と讃子夫妻の家に奉公した女中さんたちの思い出。

一八年間つとめた初は潔癖で、料理が上手だった。梅は利発だったが、時々癲癇の発作を起こして周囲の者たちを驚かせた。小夜と節は同性愛の関係だった。銀と百合は一人の男性をめぐって争い、銀が勝った。百合は磊吉の世話で女優のダコちゃんの付き人になり、華やかな暮らしを送った。鈴は器量良しで味覚が優れており、食いしん坊の磊吉にはありがたい存在だった。銀と鈴は一九五八年（昭和三三）、同じ日に同じ式場で結婚し、磊吉夫婦も出席した。

定は情に厚い働き者で、磊吉夫婦の仲立ちで幸福な結婚をした。

磊吉の喜寿を祝う会にはかつて女中として働いた女性たちが方々から集まった。若いときは子ども嫌いを公言していた磊吉だが、老境に入った今では、彼女たちの子どもの成長を楽しみにしている。

台所太平記

『サンデー毎日』
1962年（昭和37）11月〜1963年（昭和38）3月

＊123頁掲載の絵は雑誌連載時の挿絵
横山泰三／画

◉横山泰三（よこやま・たいぞう）
1917〜2007年（大正6〜平成19）、高知県生まれ。帝国美術学校（現・武蔵野美術大学）で洋画を学ぶ。戦後、腎臓病を患っていた兄の漫画家・横山隆一を手伝ううちに自分も漫画を描くようになる。日本を代表する政治風刺漫画家。

磊吉が河原町の朝日会館八階のアラスカへ連れて行ったことがありました。場所馴れない娘をそういう食堂へ連れて行きますと、面喰らってうろたえるものですが、一つには美人の一徳で、ボーイが彼女を思い違えてお嬢さん扱いにしたせいもあるでしょう、鈴は最初から悪びれた様子がなく態度が板に着いていました。そして磊吉と差向いにテーブルに就きますと、一々磊吉の指図を受けるまでもなく、スープの吸い方、ナイフ、フォークの使い方、バタナイフの扱い方等々、テーブルマナーにそれとなく気を配って主人の仕種を見習い、主人に恥をかかせるようなことはしませんでした。これはなかなか女中にはできにくいことですが、それから以後、彼女はすっかり度胸がついて、晴れがましい席へ連れて行かれてもマゴつくようなことはなく、さりとて妙にお嬢さんぶるでもなく、その辺の呼吸がまことに自然で、ほどほどをわきまえていました。

Column

谷崎作品に登場する女中のモデル

現在「お手伝いさん」と呼ぶ家事手伝いの女性を、戦前は「女中」と言った。今では、裕福な家で雇うイメージであるが、谷崎の時代にはもっと一般的な存在であった。

とくに谷崎は、妻の松子を平凡な世話女房にしたくないということもあって、ほとんど常に複数の女中を雇っていたようだ。

「台所太平記」は一九三五年（昭和一〇）頃から一九五五年（昭和三〇）代まで谷崎家で働いた女中さんたちの思い出をエッセイ風に語った作品である。谷崎の鋭い観察眼によって、多くの女性たちのそれぞれ異なる個性が描き出されて、興味深い。

また彼女たちは、幾多の谷崎作品に登場する女中のモデルでもある。とくに「細雪」「卍」では女中が重要な役割を担っており、そのモデルが本書に書かれたうちの誰かかもしれないと思えば、その意味からも興味深い作品である。

オレンジと黒い線が大胆な立涌の銘仙。ご主人のお供でお出かけする女中さん。手には大事な荷物を入れた風呂敷包み。帯はモスリンの昼夜帯。（着物：昭和初期〜中期　帯：昭和初期）

鈴が奉公に来たとき、身につけていたのが立涌柄の銘仙だ。

目見えに来る娘たちと云ったら、いずれも粗末な洋服で、手製のセーターなどを着込んでいるのが普通でしたから、この銘仙の和服姿はまことに可憐で、眼を惹きました。

鈴が千倉家に来たのは一九六三年（昭和三八）。銘仙は昭和三〇年代前半には生産中止しているので、着物で奉公にきた最後の女中さんだったかもしれない。女優の津島恵子に似た美人で、気立てもよかったため、磊吉は鈴を気に入り、漢字を教えたり、散歩のお供に連れだしたりした。

鈴が似ていたという津島恵子は戦後、銘仙のポスターでモデルをつとめている。和やかな、楽しい小説だが、鈴とのエピソードには「痴人の愛」の譲治が見え隠れしている。　（O）

第3章　谷崎文学の魅力

日本の名作といわれる作品も
現代人にはどんどん遠くなってきています。
そんななかで、谷崎潤一郎の作品は
今も熱狂的なファンの支持を集め、
数多くの作品が映画化されています。
現代作家への影響も大きく、
海外でもっとも読まれている日本の小説家も、
谷崎だといわれています。
いつまでも魅力を失わない
谷崎文学の秘密に迫ります。

人魚の嘆き『人魚の嘆き　魔術師』
1919年（大正8）春陽堂
水島爾保布／画

谷崎潤一郎の魅力 1

悪魔主義

谷崎は一九一二年（明治四五）『中央公論』に発表した「悪魔」で、憧れの女性の洟汁のついた手巾（ハンカチ）を舐める青年を描いて話題となり、「悪魔主義文学」と言われるようになった。悪魔的な傾向は初期の作品に強く見られるが、一九四三年（昭和一八）から掲載を始めた「細雪」（『中央公論』）では下痢をする女性を描いたり、晩年の「瘋癲老人日記」では女の唾液を飲む男を描いたりと、生涯にわたり、女性の清らかな美しさだけではなく、生理的な汚さにさえ魅力を見出して表現した。谷崎が異色の作家とされる所以である。

また、純情で貞淑な女性にはおもしろみがないとし、奔放で残虐性を有する女性への憧れをテーマにした作品も多いところが、彼の悪魔主義者という印象をさらに強めた。

刺青（しせい）

『新思潮』
1910年（明治43）11月

あらすじ

清吉は若い腕利きの刺青師（ほりものし）であった。彼は奇警（きけい）な構図と妖艶（ようえん）な線で名を知られていたが、自分の心が惹きつけられた肌と骨組とを持つ人でないと、刺（ほ）らず、光り輝くような美女の肌に、自分自身の魂を刺り込むことを宿願としていた。

ある日、深川の料理屋の前で待っている駕籠（かご）の簾（みす）のかげからのぞく、真白な女の素足を見て、この足の主こそ追い求める女だと清吉は直感したが、駕籠のあとをつけたものの見失ってしまった。

その後、なじみの芸奴の使いとして偶然家にやってきた娘が、あのときの女であると清吉は気づいた。清吉は麻酔剤で娘を眠らせ、巨大な女郎蜘蛛（じょろうぐも）をその背中に刺り込んだ。目覚めた娘は、あたかも、それまで眠っていた女郎蜘蛛が目覚めたかのように、自らの魔（ま）性（しょう）を自覚する妖婦（ようふ）に変身していた。

Column **華やかな文壇デビュー**

明治末、文壇の主流は自然主義であったが、若き日の谷崎はなじめず、耽美的な作風を持つ永井荷風に魅かれていた。『新思潮』に「誕生」「刺青」「麒麟」を、『スバル』に「少年」「幇間」を発表した谷崎を永井は激賞したが、とくに「刺青」を誉めた。また新進作家の登竜門とされた『中央公論』から原稿を依頼されて、谷崎は一躍文壇の寵児となり、同時に反自然主義の旗手として注目されるようになった。（N）

＊橘小夢による同名の版画は、谷崎潤一郎の「刺青」に着想を得て制作された。凸版に手彩色。1923年（大正12）三栄社刊。1934年（昭和9）夜華異相画房刊

◉橘小夢（たちばな・さゆめ）
1892～1970年（明治25～昭和45）、秋田県生まれ。川端画学校で日本画を学ぶ。1915年（大正4）から博文館の『淑女画報』などに挿絵やコマ絵を描き始め、その後から愛好家向けに日本画を頒布しはじめた。大正末～昭和初期には挿絵で活躍。版画作品も多く出版。

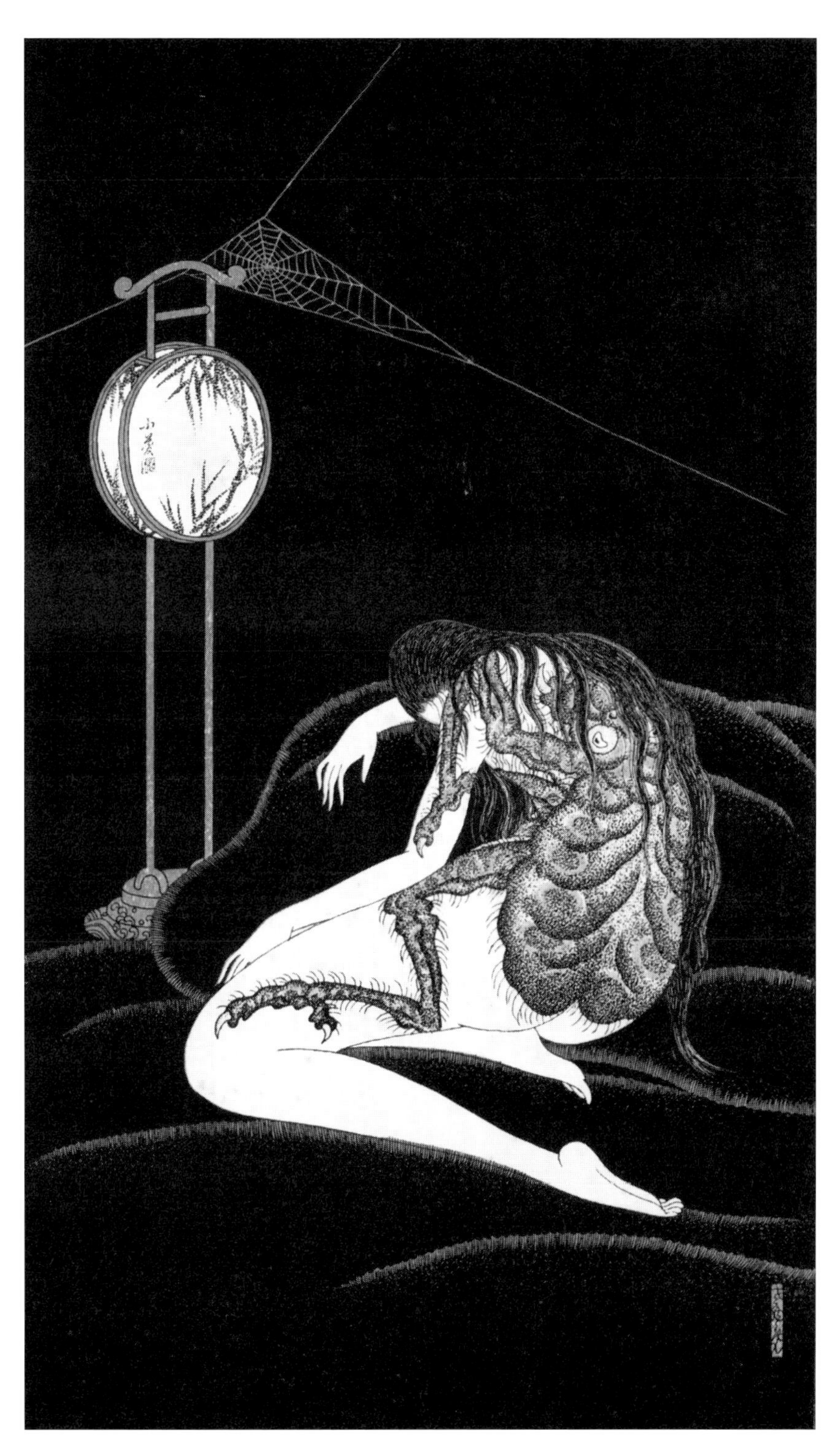

秘密

『中央公論』
1911年(明治44)1月

あらすじ

「秘密」というものに心惹かれる「私」は、下町の一角に隠れ住み、夜ごとに変装しては街を徘徊(はいかい)して楽しんでいた。そのうち、古着屋で女ものの着物に目をつけた私はそれを買い込み、女装して街を歩くようになった。ある晩、女装して映画館に入った私は、そこで、二、三年前に別れた女と再会した。その女とは上海に行く汽船の中で出会って関係を結び、名も住所も明かさぬまま上海(シャンハイ)に着き、それきりになってしまったのであった。女はまた付き合ってもらいたい、でも自分の正体は明かせない、家も教えられないと言って、目隠しをした上で人力車に乗せて私を女の家に連れていった。私は、「謎の女」に惹かれ、逢瀬(おうせ)を重ねた。しかし女の家が東京のどのあたりにあるのかを知りたくなった私は、とうとう女の家を探し出した。しかし、女の家、そして素性(すじょう)がわかってしまったとたん、女の魅力はたちまち色あせ、私は二度と女に会いに行くことはなかった。

Column

悪魔的な魅惑を求める日々

畳の上に投げ出された無数の書物からは、惨殺、麻酔、魔薬、妖女、宗教――種々雑多の傀儡(かいらい)が、香の煙に溶け込んで、朦朧と立ち罩(こ)める中に、二畳ばかりの緋毛氈を敷き、どんよりとした蛮人のような瞳を据えて、寝転んだまま、私は毎日々々幻覚を胸に描いた。

このように、書物に悪魔的な魅惑を求めて耽溺する毎日を送っていた「私」は、新たな悪魔的刺激として女装にたどりつく。女装を続けているうち、しだいに女の血が体内に流れはじめるような錯覚にとらわれて陶然とする。そして、女装したまま入った映画館で、二、三年前に別れた女と再会し、再び逢瀬を重ねる。しかしそれも相手が謎の女だった間だけのこと。素性がわかったとたん、「私」は女に興味を失う。(N)

1915年(大正4)、それまでの放浪生活を打ち切るために結婚を決意。現在の墨田区向島に所帯を構えた。

**「この秘密を知られれば
あたしはあなたに捨てられるかも知れません」
「どうして私に捨てられるのだ」
「そうなれば、あたしはもう『夢の中の女』ではありません。
あなたは私を恋しているよりも、
夢の中の女を恋しているのですもの」**

一体私は衣服反物に対して、単に色合いが好いとか柄が粋だとかいう以外に、もっと深く鋭い愛着心を持っていた。女物に限らず、すべて美しい絹物を見たり、触れたりする時は、何となく顫い付きたくなって、丁度恋人の肌の色を眺めるような快感の高潮に達することがしばしばであった。ことに私の大好きなお召や縮緬を、世間はばからず、ほしいままに着飾ることのできる女の境遇を、嫉ましく思うことさえあった。

あの古着屋の店にだらりと生々しく下がっている小紋縮緬の袷――あのしっとりした、重い冷たい布が粘つくように肉体を包む時の心好さを思うと、私は思わず戦慄した。あの着物を着て、女の姿で往来を歩いてみたい。……こう思って、私は一も二もなくそれを買う気になり、ついでに友禅の長襦袢や、黒縮緬の羽織までも取りそろえた。

大柄の女が着たものと見えて、小男の私には寸法も打ってつけであった。夜が更けてがらんとした寺中がひっそりとした時分、私はひそかに鏡台に向かって化粧を始めた。黄色い生地の鼻柱へまずベットリと練りお白粉をなすりつけた瞬間の容貌は、少しグロテスクに見えたが、濃い白い粘液を平手で顔中へまんべんなく押し広げると、

（中略）

長襦袢、半襟、腰巻、それからチュッチュッと鳴る紅絹裏の袂、――私の肉体は、凡べて普通の女の皮膚が味わうと同等の触感を与えられ、襟足から手首まで白く塗って、銀杏返しの鬘の上にお高祖頭巾を冠り、思い切って往来の夜道へ紛れ込んでみた。

雨曇りのしたうす暗い晩であった。千束町、清住町、竜泉寺町――あの辺一帯の溝の多い、淋しい街をしばらくさまよってみたが、交番の巡査も、通行人も、一向気がつかないようであった。甘皮を一枚張ったようにぱさぱさ乾いている顔の上を、夜風が冷やかに撫でて行く。口あたりをおおっている頭巾のきれが、息のために熱く潤って、歩くたびに長い縮緬の腰巻の裾は、じゃれるように脚へもつれる。みぞおちからあばらのあたりを堅くしめつけている丸帯と、骨盤の上を括っているしごきの加減で、私の体の血管には、自然と女のような血が流れ始め、男らしい気分や姿勢はだんだんとなくなって行くようであった。

ある晩、三味線堀の古着屋で、藍地に大小あられの小紋を散らした女物の袷が眼に附いてから、急にそれが着てみたくてたまらなくなった。

「大小あられ」とは、小さな水玉の大小がびっしり染められた伝統的な意匠だ。本にまみれ、倒錯の日々をすごす主人公が次の刺激に選んだのが気に入った着物を着て女装をするということ。「ついでに友禅の長襦袢や黒縮緬の羽織までも取りそろえた」。彼の好みは江戸趣味らしい粋な雰囲気。ちらっと華やかな色はのぞいても全体的には渋い装いにまとめようとしている。

長襦袢、半襟、腰巻、それからチュッチュッと鳴る紅絹裏の袂、――私の肉体は、凡べて普通の女の皮膚が味わうと同等の触感を与えられ、襟足から手首まで白く塗って、銀杏返しの鬘の上にお高祖頭巾を冠り、思い切って往来の夜道へ紛れ込んでみた。

一九一〇年（明治四三）に作家としてデビューした谷崎だが、「秘密」はその翌年に発表された短編。永井荷風らに「当代稀有の作家」と絶賛された二五歳の青年作家だった。その後の作品でも登場人物の衣裳にはこだわりをみせるが、その片鱗を感じさせる。衣裳への偏愛ぶりがおもしろい。（O）

ある晩、三味線堀の古着屋で、藍地に大小あられの小紋を散らした女物の袷が眼に附いてから、急にそれが着てみたくてたまらなくなつた。

五千円札の樋口一葉のようにたっぷり半衿を見せて着るのが明治から大正時代の着方。半衿は茄子紺の縮緬地にびっしりと紅葉の蔦が刺繍されているもの。女装する場合も半衿を多く見せると肩幅が目立たない。

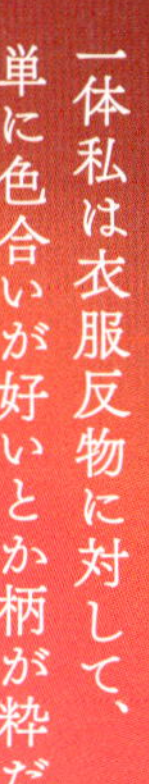

一体私は衣服反物に対して、
単に色合いが好いとか柄が粋だとかいう以外に、
もっと深く鋭い愛着心を持っていた。
女物に限らず、すべて美しい絹物を見たり、触れたりする時は、
何となく顫（ふる）い付きたくなって、
丁度恋人の肌の色を眺めるような
快感の高潮に達することがしばしばであった。

伝統柄だが、現代の大小あられより柄が大きい。主人公は黒い縮緬の羽織を着たが、ここでは紋綸子の黒羽織を用意した。（着物、帯、羽織：昭和初期）

お才と巳之介

『中央公論』
1915年(大正4)9月号初出

あらすじ

巳之介は大店・上州屋の若旦那で、奉公人の卯三郎とともに毎日吉原を遊び歩いている。色男の卯三郎はどの店へ行ってももてるが、容貌の冴えない巳之介は女に相手にされずにいらだっている。そんなとき、美貌のお才という娘が小間使いとして店に入ってきた。巳之介はたちまち夢中になってお才をくどき落とした。一方、巳之介の妹のお露はいつの間にか卯三郎と深い仲となり、お腹に子どもまでできた。

実は、卯三郎とお才はとうに男女の仲であり、二人は共謀して、上州屋の金を巻き上げようと企み、そのために、それぞれ巳之介とお露をたぶらかしたのである。

卯三郎とお才が、お露と巳之介をおびきだして金を奪い、泥の川に突き落として逃げようとするにおよんで、お才が大変な悪女だということが、巳之介にもはっきりとわかった。

ここで目が醒めてお才を思い切るかと思えばそうではない。巳之介は逆にお才に激しい執着を覚え、泥だらけの姿のまま、お才の後を追いかけるのであった。

＊『情話新集第六編　お才と巳之介』表紙絵
1915年（大正4）新潮社　竹久夢二／画

Column　谷崎は悪女を好んだ

尋常な話であれば、しおらしく装っていた女の化けの皮がはがれた時点で、男は女に失望するであろう。尋常ではない谷崎文学のこと、悪女と知れた時点でいっそうの情熱をかきたてられ、追いかけるという展開になるのであった。

谷崎が若い頃の作品には、悪女型のヒロインが頻繁に登場するが、最初の妻・千代の姉・初子のおもかげが彼女らに反映されている。元芸者で、料理屋を営んでいた初子には妖婦めいたところがあって谷崎の好みであったが、すでに旦那を持つ身だったので、代わりに妹の千代と結婚したが、彼女は初子とは反対な良妻賢母型だったので落胆したと、谷崎は語っていた。（N）

● 右下に泥の川から這い上がる巳之介が見える。
それを見て、ぎょっとするお才。逃げるお才を巳之介は追いかける。

「お才やーい。」彼は渾身の声を搾って怒鳴りたてた。
そうして、必ず彼女を手なずけてやろうという決心を以て、なおも懲りずに追いかけた。

＊「お才と巳之介」『近代情痴集　附り異国綺談』
1919年（大正8）　新潮社
小村雪岱／画

●小村雪岱（こむら・せったい）

1887～1940年（明治20～昭和15）、埼玉県生まれ。荒木寛畝塾から東京美術学校（現・東京藝術大学）へ進み、下村観山に師事。卒業後、松岡映丘に学ぶ。1914年（大正3）、泉鏡花の『日本橋』を手がけてから、数多くの本を装幀。大正10年代からは、日本的情緒を表現できる画家として次々挿絵を描いた。一方で舞台美術の仕事も多くしている。

猫好き

谷崎潤一郎は猫を愛した。優雅で気品のある姿、気位が高く、冷酷な一面を持つ猫は、「痴人の愛」のナオミや「春琴抄」の春琴など、谷崎作品のヒロイン像に通じるものがある。

「私は生来猫好きで、女でも猫のやうな感じの顔が好きなのである」と谷崎は書いている。（「臨時増刊、私の好きな六つの顔」『中央公論』一九五七年［昭和三二］五月）

「猫と庄造と二人のをんな」は、二人の女がひとりの男をめぐって攻防戦をめぐらすが、肝心な男はといえば、どちらの女にもたいした思い入れはなく、ただ猫だけに愛情を抱いている。

谷崎は他にも愛猫への思いを題材にして「ドリス」という作品を手がけた。

猫と庄造と二人のをんな

『改造』
1936年（昭和11）1月·7月号

あらすじ

庄造は甲斐性のない男だが、前妻の品子は復縁を望んでいる。土地持ちの娘を新しい嫁にしようと画策した姑のおりんから、品子は家を追い出されたのである。新妻の福子は、浮気者だが、今のところ庄造と仲良くやっている。そんな福子のところへ品子から手紙が届く。「庄造は私より猫のリリーを可愛がっていました。あなたのためを思って言うのですが、庄造からリリーを離してしまいなさい。ついては、リリーを私の方にくれませんか？」言われてみればたしかに庄造のリリーに対する愛着は度を超えている。にわかに嫉妬にかられた福子はリリーを手放せと庄造に迫る。取り合おうとしなかった庄造も、ついに福子の強引さに負けた。

品子には魂胆があった。リリー恋しさに庄造が自分の住居に近づいたところを捕まえて彼とよりを戻そうというのである。

庄造はリリーに会うため、品子の留守宅にしのび込んだが、やっと会えたリリーにつれなくされ、自分こそが可哀そうな宿無しだと、思うのであった。

● **中島清之**（なかじま・きよし）
1899〜1989年（明治32〜平成元）、京都府生まれ。松本楓湖の安雅堂画塾に通う。25歳で院展に初入選。以降たびたび日本美術院賞を受賞し、院展の中核として活躍した。横浜を拠点とし、最晩年には、三渓園（横浜市中区）の臨春閣の襖絵を手がけた。

Column

猫のかわいいしぐさと、皮肉のきいた展開

前妻と後妻の闘いは、谷崎の二度目の妻・丁未子をモデルにしたとの説もあるが、一方では谷崎の妹・須恵夫妻をモデルにしたとも言われている。猫の描写がいきいきとしてかわいい。また皮肉のきいた展開に思わず苦笑させられる作品。（N）

庄造がかわいがっている猫、リリー。

愛猫を抱いた谷崎。昭和元年春頃。

＊135頁、136頁掲載の挿絵は『カラー版日本文学全集第43巻谷崎潤一郎二』1970年（昭和45）初版　河出書房新社　中島清之／画

どうした訳か
今しがたまで機嫌の好かつた女房が、
酌をしようともしないで、
両手を懐に入れてしまつて、
真正面からぐつと此方を視詰めている。

夕涼みにも、夕方の買い物にも出かけられる白地に小さな十字絣。木綿の着物に半幅帯を締める普段着の装いだ。（着物、帯：昭和中期〜後期）

九月半ば過ぎの縁側での夕食風景。夫は晩酌を楽しみながら飼い猫のリリーと遊んでいる。妻は前妻から届いた手紙を思い出しながら、夫を冷ややかな目で見ている。

夫の服装は「半袖のシャツの上に毛糸の腹巻をし、麻の半股引を穿いた姿のまま胡坐をかいている」。妻の福子の服装は書かれていないが、挿絵では、白地の十字絣に博多帯を締めている。九月半ば過ぎだから、麻ではないだろう。単衣の紬か、ざぶざぶ洗える木綿か……いろいろ探したら、挿絵にそっくりな白地の十字絣が見つかった。臙脂色の博多帯を合わせたら、福子の装いとほぼ同じになった。

ただ、中島清之が描いたこの挿絵は日本文学全集に掲載するときに描かれたもの。小説が発表されたのは一九三六年（昭和一一）だが、単行本が発行されたのは一九六七年（昭和四二）。白地の着物が涼しげだが、小説の時代に絵を合わせるのではなく、その当時の流行に合わせたようにも見える。　（O）

福子はこの手紙の一字一句を胸に置いて、庄造とリリーのすることにそれとなく眼をつけているのだが、小鯵の二杯酢を肴にしてチビリチビリ傾けている庄造は、一口飲んでは猪口を置くと、
「リリー」
といって、鯵の一つを箸で高々と摘まみ上げる。リリーは後脚で立ち上って小判型のチャブ台の縁に前脚をかけ、皿の上の肴をじっと睨まえている恰好は、バァのお客がカウンターによりかかつているようでもあり、(中略)
ここの家では、亭主が女房の好き嫌いを無視して、猫を中心に晩のお数(かず)をきめていたのだ。そして亭主のためと思って辛抱していた女房は、その実猫のために料理をこしらえ、猫のお附き合いをさせられていたのだ。

＊138〜139頁掲載の絵は『猫と庄造と二人のをんな』1937年（昭和12）創元社
安井曾太郎／画

◉安井曾太郎（やすい・そうたろう）
1888〜1955年（明治21〜昭和30）、京都府生まれ。
聖護院洋画研究所で浅井忠と鹿子木孟郎に、パリでJ・ローランスに師事。帰国後の1915年（大正4）二科展で注目され会員となる。昭和の初めから風景画、肖像画、静物画の各分野で独自の写実様式を確立し、梅原龍三郎とともに一時代を画す。戦後は『文藝春秋』の表紙画を担当した。

玄関先にバスケットを置いて、塚本が出て行ってしまってから、品子はそれを提げたまま狭い急な段梯子を上って、自分の部屋に当てられた二階の四畳半に這入っていった。そして、出入り口の襖だのガラス障子だのをすっかり締め切ってしまってから、バスケットを部屋の真ん中に据えて、蓋を開けた。

奇妙なことに、リリーは窮屈な籠の中から直ぐには外へ出ようとせずに、不思議そうに首だけ伸ばして暫く室内を見廻していた。それから漸く、ゆるゆるとした足どりで出て来て、こういう場合に多くの猫がするように、鼻をヒクつかせながら部屋じゅうの匂を嗅ぎ始めた。品子は二、三度、

「リリー」

と呼んでみたけれども、彼女の方へはチラリとそっけない流し目を与えたきりで、まず出入り口と押入の閾際へいって匂いを嗅いでみ、次には窓の所へ行ってガラス障子を一枚ずつ嗅いでみ、針箱、座布団、物差し、縫いかけの衣類など、その辺にあるものを一々丹念に嗅いで廻った。

◉ 庄造は嫁の福子が出かけたすきに、リリーに会おうと品子の家へやってきた。しかし品子には会いたくないので、近くの草むらに身をひそめてリリーが通りかかるのを待つことにした。

そして家の北側の、裏口の方へ廻って、空地の中へ這入り込むと、二、三尺の高さに草がぼうぼうと生えている一とかたまりの叢のかげにしゃがんで、息を殺した。

ここでさっきのアンパンを咬りながら、二時間の間辛抱してみよう、そのうちにリリーが出て来てくれたら、お土産の鶏の肉を与へて久しぶりに肩へ飛び着かせたり、口の端を舐めさせたり、楽しいいちゃつき合いをしようと、そういう積りなのであった。

谷崎潤一郎の魅力 3

探偵小説の元祖

谷崎潤一郎は一九一七〜一九二八年（大正六〜昭和三）頃、探偵趣味的な作品を多く書き、江戸川乱歩や横溝正史などの探偵小説作家に影響を与えた。そのような作品として、「途上」や「人面疽」がよく言及されるが、この「友田と松永の話」も、外見も性格もまったく違う二人の人間の関係が謎めいているところなど、探偵趣味の作品といえよう。

◉田中比左良（たなか・ひさら）
1890〜 1974年（明治23〜昭和49）、岐阜県生まれ。松浦天竜に師事して南画を学んだ。1921年（大正10）に主婦之友社に入社。在社13年の間に挿絵、漫画、慢文に筆を揮い、大正末から昭和にかけてのモボ・モガ時代を巧みに描いた。

友田と松永の話

『主婦之友』
1926年（大正15）1〜5月

長篇小説 友田と松永の話（2）

谷崎潤一郎

（田中比左良畫）

（110）

（111）

＊140〜 145頁掲載の絵は雑誌連載時の挿絵
田中比左良／画

あらすじ

私の元に、しげ女という未知の女性から一通の手紙が届いた。それには、自分は田舎の旧家に嫁ぎ、夫・松永儀助との間に娘が二人ある。夫は優しい人だが、四〜五年ごとに行方不明になっては、また家に戻ってくるという生活を続けてきた。行方不明になっている間の夫はどこに行っているのか、わからない。夫が持ち帰った荷物の中に「私」から友田銀蔵という人物へあてた葉書が入っていた。今再び夫は行方不明であるが、長女が病気で容態が悪いので、夫に連絡する手がかりを知っているなら教えてほしく、手紙を書いたというのである。

松永儀助はやせて陰鬱な田舎親父、一方の友田銀蔵は太って陽気なハイカラ男。まるで違う二人の間には、どういう関係があるのだろうか？

◉松永と妻、長女三人の巡礼姿の写真。松永は、やせた病人じみた、ごく平凡な田舎爺で、私にはこういう容貌の知り合いはなかった。松永儀助という名前も初耳であった。もっとも私は友田銀蔵とは交際したことがあるが、この写真とはまるで似ても似つかない男で、二人が同じ人間であろうはずがなかった。

Column　西洋崇拝から日本文化に回帰

友田と松永は同一人物だった。友田は四年おきくらいに体調が変化し、太りはじめると性格も陽気になって、田舎にこもっていられなくなり、海外へ行ったり、西洋人の女と遊びまわったりした。だがいったんやせはじめると、性格も陰鬱になって田舎の家族が恋しくなり家に帰ってきたというのだ。そしてはじめのうち、女でも食べ物でも西洋のものはすばらしい、日本のものはつまらないと思ったのに、最近は逆に日本のよさが目につくと言って、東西文化を比較してみせた。

それは、若いときには西洋崇拝主義者だったが、関西移住後、日本の伝統のよさに目覚めた谷崎自身の心情を語った言葉であろう。（N）

友田はでっぷりとほとんど病的に太った男。この写真にある松永は、ひょろひょろとした細長い男。友田は頬っぺたがハチ切れそうに膨らんだ円顔。松永は頬がゲッソリ憔けた、鋭い三角形の顔。二人は極端と極端であって、一方は明るく、豪快に、一方は暗く、陰鬱である。

● 私は友田銀蔵に会って話せば、何かわかるかもしれないと思った。彼とよく出会う銀座のカフェエ・プレザンタンへ行ったところ、やはり友田がいた。

プレザンタンと云ふ店は、ちょっと普通のカフェエとは違った、小体（こてい）な、気の利いた家であった。

——「友田と松永の話」

カフェエ・プレザンタンという店名は、銀座八丁目にあったカフェー・プランタンをもじったものと思われる。この店は 1911 年（明治 44）、フランス帰りの画家・松山省三が開いたもので、日本のカフェー第一号とされている。
松山の友人たちが連日集い、その中には文学者の永井荷風や、画家の岸田劉生（きしだりゅうせい）もいた。関東大震災後、カフェーは急増したが、店によって、コーヒーや酒を提供するだけのところ、女給がいて客の相手をする店など、さまざまであった。女給は、着物の上に胸当ての付いた白いエプロンをしていた。

カフェーの女給。大正～昭和初期頃の絵葉書／生田誠氏蔵。

彼女は浅草の雷門の近くにあるカフェエ・ダイヤモンドと云う店の、給仕女をしていたのです。

――「痴人の愛」

着物に白いエプロンがカフェエの女給さんのユニフォーム。ちらっとしか見えないが、流行を意識した着物を身につけるのが女給さんたちのおしゃれ。ここでは初夏に着るセルの着物で。カフェの女給は女学生と並んで当時のファッションリーダー。（着物、帯：昭和初期）

私は横浜の、西洋人の女だけを置いている娼館に友田を探しに行った。友田はいつものように、女たちと踊り騒いでいた。

「さあ音楽だ！　何かやれやれ！」
友田は大声で怒鳴ったかと思うと、いきなり立って、両手でキャザリンを宙に支えた。彼女はシャンパンのグラスを放さず、その方の手だけを高く翳（かざ）したが、やがて友田は踵でクルクル歩きながら、緋の服を着た彼女の体を、シャンパンぐるみ水車のように廻し始めた。

娼館には、新しく入ってきたエドナという女がいた。

じっと静かに、うッとり黒眼がちの瞳を据えて、放心したように椅子にもたれている姿は、洋服を着てはいるものの、なまめかしさがちょっと日本の芸者のような感じである。

ごく旧式に暮らして来た、その家の中での生活のありさま、……夜寝る時は今でも古風な行燈をともす習慣だったが、その行燈のぼうッと枕もとを照らしている夢のような仄明るさ、油煙で黒く燻っている天井の板や大黒柱、暗い伏戸の、覚束ない灯影のもとに夜着を被って、うつらうつらとまどろんでいる妻の寝顔、……ああ日本のことなんか思うのではないと、僕は幾度も打ち消したけれども、しかし打ち消せば打ち消すほど、今やそれらの情景はいうにいわれない懐しさを以て心に甦って来るではないか。（中略）
女の肌の色も、真っ白いのよりも黄色がかっているほうが、和やかであり、甘みがあって、真に自分を心の底から労ってくれるような気がする。（中略）
見るもの聞くものことごとくが東洋趣味と比較されて、西洋のほうはただケバケバしく、派手で薄ッぺらのように思える。

谷崎潤一郎の魅力 4

足フェチ

谷崎の文学には、戦前の文学にありがちな古い倫理観などは存在しない。自らをモデルに、所謂「ヘンタイ」と呼ばれる人々の生きざまを描きだした作品が多く、それらに接すると、「戦前の日本にもこんなユニークな小説があったのか」と、驚嘆させられ、日本文学への認識を新たにさせられる。

谷崎はFoot-Fetishsist……つまり「足フェチ」だったらしく、女性の足に魅了される人物を何度か書いている。主人公たちは同時にマゾヒストでもあり、女性の美しい足に踏みつけられることに快感を覚えるようだ。

ヘンタイであることを、谷崎は恥じるわけでもなく、堂々とユーモラスに描き出しながら、そこに人間性の深淵を垣間見せる。

富美子の足

『雄弁』1919年（大正8）6～7月号

あらすじ

宇之吉は美術学校の学生だが、遠縁の老人に頼まれ、彼の妾である富美子の肖像画を描くことになった。座敷のまん中へ夏の涼み台に使うような竹の縁台を持ち出し、そこに腰かけた彼女が、足を拭いているところを描いてくれという。柳亭種彦著『田舎源氏』に国貞が描いた挿絵のようなポーズというのが老人の注文で、それは女の足の美しさが強調される瞬間だそうである。

老人はこよなく女の足を愛し、宇之吉に同じ趣味があることを嗅ぎつけて呼んだのである。老人は犬の真似をして彼女の足にじゃれつくのも好きなのだが、体力が弱ってできないため、代わりに宇之吉がその役目をおおせつかった。

老人は死の間際、「息を引き取るまで、足で額を踏み続けてくれ」と富美子に懇願する。

「お富美や、後生だからお前の足で、私の額の上を暫くの間踏んでいておくれ。そうしてくれれば私はもうこのまま死んでも恨みはない……」（中略）

「ああ、もういけない。……もうすぐ私は息を引き取る。……お富美、お富美、私が死ぬまで足を載っけていておくれ。私はお前の足に踏まれながら死ぬ……」

（中略）

死ぬ三十分ほど前に、日本橋の本家から駆け付けた娘の初子は、当然この不思議な、浅ましいとも滑稽とも物凄いともいいようのない光景を、目撃しなければなりませんでした。彼女は父親の最後を悲しむよりは、むしろ竦気をふるったらしく、面を伏せて座に堪えぬが如く固くなっていました。しかしお富美さんの方は一向平気で、頼まれたからしているのだといわんばかりに、老人の眉間の上に足を載っけていたのです。

Column

個性をあざやかに描き分ける

富美子に額を踏まれながら息を引き取り、満足げな老人。「こんなばかげたこと、頼まれたから仕方なくやってるんですよ」とでも言いたげに醒めた表情の富美子。父の臨終の異様な光景を見せられて、いたたまれぬ顔をする娘。それぞれの個性がくっきりとあざやかに描き分けられ、それらがぶつかり合うところに生じるおかしさやペーソスを感じさせる作品。（N）

＊147 頁掲載の絵は『近代情痴集　附り異国奇談』1919 年（大正 8）収録「富美子の足」に挿入されたもの。
新潮社　歌川国貞／画

＊148〜151頁掲載の絵は『瘋癲老人日記』
1962年（昭和37）中央公論社
装幀と挿絵　棟方志功／画

瘋癲老人日記

『中央公論』
1961〜62年（昭和36〜37）年11月号〜5月号

あらすじ

主人公は七七歳の老人で、息子の嫁の颯子に魅力を感じている。颯子は妖婦めいた雰囲気を持つ手足の美しい女性で、まさに老人の好みである。

老人は家族の目を盗んで颯子にまつわりつき、邪険にされて泣き真似をしたり、平手打ちをくらったりしながら、毎日を過ごしている。性的能力はすでになく、マゾヒスティックな性向を持つ老人にとって、これが現在のセクシャルな楽しみなのだ。

「変形的間接的方法デ性ノ魅力ヲ感ジルコトガ出来ル。現在ノ予ハソウ云ウ性欲的楽シミト食欲ノ楽シミトデ生キテイルヨウナモノダ」

自らの墓石を用意するにあたって、老人は颯子の足型の仏足石を作ろうと、彼女の足裏の拓本をとった。颯子の足の下に埋められ、永遠に踏まれつづけることが彼の願いなのである。

Column

生きていたときよりはるかに楽しい

生きていたときと同じく、いやはるかに楽しく、あの世をエンジョイするために、老人は墓造りに精を出している。死に面した老いを描いてさえも、谷崎文学は享楽的で暗さを感じさせないどころか笑えるシーンが多い。小柄な老人が背の高い颯子に手をひかれる場面は、幼い子どもが母親と手をつなぐ様を髣髴とさせ、老いて幼児返りする人間の悲哀とおかしさを感じさせる。

執筆完成時の谷崎は七七歳で、老人の年齢と同じであった。老いてなお、谷崎は比類なくユニークな作家であり続けた。

颯子のモデルは、松子夫人が前夫との間にもうけた息子・清治の妻・千萬子で、晩年の谷崎は彼女を気に入り、多くの手紙や歌を送った。彼女の足裏を拓本にとるということも実行した。当初物語は老人の死でしめくくるはずであったが、千萬子のアイデアにより、彼が死の床で妄想に耽りつづけるという終わり方にされた、と言われている。（N）

時ニ依ルト顔ニ一種ノ残虐性ガ現ワレテイル女ガアルガ、ソンナノハ何ヨリ好キダ。ソンナ顔ノ女ヲ見ルト、顔ダケデナク、性質モ残虐デアルカノヨウニ思イ、又ソウデアルコトヲ希望スル。(中略)
コンナ生殺シノヨウナ手足ノ痛ミヲ怺(こら)エナガラ生キテイルヨリ、ヒト思イニ残酷ナ殺サレ方ヲシテ見タクモアル。予ガ颯子ヲ愛スルノハ、彼女ニイクラカソンナ幻影ヲ感ズルセイデアロウカ。

咄嗟ニ予ハタオルノ上カラ両肩ヲ摑ンダ。ソシテ右側ノ肩ノ肉ノ盛リ上リニ唇ヲ当テテ舌デ吸ッタ、ト、思ッタ途端ニ左の頬ニ
「ピシャッ」

ト平手打チヲ食ッタ。

「オ爺チャンノ癖ニ生意気ダワ」

「コノクライハ許シテクレルンダト思ッタンダ」

「ソンナコト絶対ニ許サナイワヨ、浄吉ニ言イッケテヤルカラ」

「御免々々」

「出テッテ頂戴！」

ソウ云ッテカラ、浴ビセテ云ッタ。

「慌テナイデ、慌テナイデ。滑ルトイケナイカラユックリト」


「颯チャン、颯チャン、痛イヨウ！」

マルデ十三四ノ徒（いたずら）ッ子ノ声ニナッタ。ワザトデハナイ、ヒトリデニソンナ声ニナッタ。

「颯チャン、颯チャン、颯チャンタラヨウ！」

ソウ云ッテイルウチニ予ハワアワアト泣キ出シタ。眼カラハダラシナク涙ガ流レ出シ、鼻カラハ水ッ洟（ばな）ガ、口カラハ涎（よだれ）ガダラダラト流レ出シタ。ワア、ワア、ワア、（中略）

「オ止シナサイヨ、オ爺チャン」

死ンデシマエバソンナコトヲ考エル意志ハナクナルデアロウカ。ドウモ予ニハソウ思エナイ。肉体ガナクナレバ意志モナクナル道理ダケレドモ、ソウトハ限ルマイ。タトエバ彼女ノ意志ノ中ニ予ノ意志ノ一部モ乗リ移ッテ生キ残ル。彼女ガ石ヲ踏ミツケテ、「アタシハ今アノ老耄レ爺ノ骨ヲコノ地面ノ下デ踏ンデイル」ト感ジル時、予ノ魂モ何処カシラニ生キテイテ、彼女ノ全身ノ重ミヲ感ジ、痛サヲ感ジ、足ノ裏ノ肌理(きめ)ノツルツルシタ滑ラカサヲ感ジル。死ンデモ予ハ感ジテ見セル。（中略）
自分ノ足ヲモデルニシタ仏足石ノ存在ヲ考エタダケデ、ソノ石ノ下ノ骨ガ泣クノヲ聞ク。泣キナガラ予ハ「痛イ、痛イ」ト叫ビ、「痛イケレド楽シイ、コノ上ナク楽シイ、生キテイタ時ヨリ遥カニ楽シイ」ト叫ビ、「モット踏ンデクレ、モット踏ンデクレ」ト叫ブ。……

『瘋癲老人日記』1962年（昭和37）
中央公論社　見返し原画

◉1885年（明治18）
・華族女学校が制服に女子袴を採用
・女性の束髪を推進するため「婦人束髪会」結成される。鬢付油を大量に使ううえ、自分で結えない日本髪は不便で不衛生という見解が生まれる
・羽二重が開発され、礼装生地の中心となる
・江戸時代末期から明治後期までの振袖は裾模様だけの地味なものが多い

◉1886年（明治19）0歳
7月24日、東京市日本橋区蠣殻町（現・中央区日本橋人形町）に誕生。父・倉五郎、母・関。弟妹は精二、得三、園、伊勢、須恵、終平

◉1897年（明治30）
・女学校の制服で袴が定着する。女学生に束髪が浸透する

◉1901年（明治34）15歳
3月、阪本尋常高等小学校の全科（8年）を卒業。4月、その才を惜しむ周囲の援助で東京府立第一中学校に入学

◉1902年（明治35）16歳
6月、北村家に書生兼家庭教師として住み込み、学業を続ける。1学期修了後、編入試験を受け第三学年へ飛び級

◉1903年（明治36）
・小杉天外「魔風恋風」に自転車に乗る束髪崩しの女学生の挿絵が描かれる。女性が学ぶことに反発の多い時代で、女学生は袴の色から「海老茶式部」、「紫太夫」と揶揄される
・明治初期に日本に紹介された化学染料が定着し、着物の染料に使われるようになる
・日露戦争後、着物の染めが華やかになり、縮緬が振袖に使われるようになった

◉1904年（明治37）
・三越呉服店創立。旧三井呉服店が内容を変更し、「米国のデパートメントストアの一部を実現すべく」設立された。発表はのちに「デパートメントストア宣言」と言われ、日本における百貨店の始まりと言われている

◉1905年（明治38）19歳
3月、府立第一中学校卒業。9月、第一高等学校英法科に入学

◉1907年（明治40）21歳
文芸部委員となり『校友会雑誌』に作品を発表。6月、穂積フクとの恋愛が発覚し北村家を追われる。9月、一高朶寮（だりょう）に入る。学費は伯父や笹沼家の援助を受けた

◉1908年（明治41）22歳
7月、第一高等学校英法科卒業。9月、東京帝国大学国文科に入学。両親の家に移る。この頃から放浪生活が始まり、強度の神経衰弱に陥る

◉1910年（明治43）24歳
9月、第二次『新思潮』を創刊。「誕生」『新思潮』。11月、「刺青」『新思潮』。12月、「麒麟」『新思潮』

◉1911年（明治44）25歳
6月、妹・園死去。「少年」『スバル』。7月、授業料未納のため大学を諭旨退学となる。11月、『三田文学』誌上で永井荷風に激賞され文壇デビュー。「秘密」『中央公論』。12月、『刺青』籾山

書店

◉**明治末期**

・伊勢崎で模様銘仙が考案される。高価な着物で女学校に通学することをいさめる目的で銘仙着用を義務付けたことがきっかけと言われる。地味な銘仙に華やかな柄をつけて大人気となる

・京都ではフランス式のジャガード織機などを輸入して洋式技術を定着させ量産が可能となり、西陣織が有名になる

・大正初期、三越呉服店が社交用の着物として「訪問服」を発表。白木屋は「社交着」、松屋は「プロムナード（散歩着）」と少し柄付けが違ったが、のちに訪問着に統一される

◉**1913年**（**大正2**）

・髙島屋が、「呉服染織の新たなる意匠の創造及び発表の運動に対する機関」として「百選会」を創設。新しい着物柄の創案を募集。その年の流行色を発表する

◉**1914年**（**大正3**）

・日本橋呉服町に挿絵画家竹久夢二が「港屋絵草紙店」を開店。夢二が描いた半衿などが人気を呼ぶ

・高等女学校へ通う少女たちの服装、好みなどに流行が生まれる。現在では「女学生文化」と呼ばれる

・明治末〜大正時代　多くの婦人雑誌・少女雑誌が創刊された。誌面では着物・洋服の新情報も紹介され、その時々の流行も迅速に広まるようになる

◉**1915年**（**大正4**）　**29歳**

5月、石川千代と結婚、本所区（現・墨田区）向島新小梅町に新居を構える

◉**1916年**（**大正5**）　**30歳**

1月、「神童」『中央公論』。3月、長女・鮎子誕生

◉**1917年**（**大正6**）　**31歳**

5月、母・関死去。7月、「異端者の悲しみ」『中央公論』

◉**1918年**（**大正7**）　**32歳**

10〜12月、朝鮮、満州を経て中国各地を単身旅行

◉**1919年**（**大正8**）　**33歳**

2月、父・倉五郎死去。6月、「富美子の足」『雄弁』

◉**1920年**（**大正9**）　**34歳**

5月、大正活動写真株式会社（のち大正活映と改称）の脚本部顧問に招聘される

◉**1921年**（**大正10**）　**35歳**

この頃千代夫人をめぐって佐藤春夫と絶交（小田原事件）。11月、大正活映との関係を絶つ

◉**1923年**（**大正12**）　**37歳**

1〜4月、「肉塊」『東京朝日新聞』。9月1日、箱根で関東大震災に遭う。横浜の自宅を火災で失い同月末関西へ移住

◉**1924年**（**大正13**）　**38歳**

3〜6月、「痴人の愛」『大阪朝日新聞』。11月〜翌年7月、「痴人の愛」続編『女性』

◉**1926年**（**大正15・昭和元**）　**40歳**

1〜2月、上海に遊ぶ。10月、佐藤春夫と和解

・銘仙ブームとなる。日本で生産されている着物地の約半数が銘仙

になっていた

●1927年（昭和2） 41歳

3月、根津商店の御寮人・根津松子と出会う。（大正15年という説もある）

●1928年（昭和3） 42歳

3月～30年4月、「卍」『改造』。3～7月、「黒白」『大阪朝日新聞』・『東京朝日新聞』。12月～翌年6月「蓼喰ふ虫」『大阪毎日新聞夕刊』・『東京日日新聞夕刊』

●1929年（昭和4） 43歳

この頃千代と和田六朗（大坪砂男）との再婚話がもちあがる

・『婦人世界』4月号の口絵に挿絵画家・高畠華宵草案の着物スタイルが掲載され、上野松坂屋で販売される。この頃、他に竹久夢二・伊東深水等の画家が、たびたび着物デザインを雑誌に発表した

●1930年（昭和5） 44歳

3～9月、「乱菊物語」『大阪朝日新聞夕刊』・『東京朝日新聞夕刊』。8月、千代と離婚。千代は佐藤春夫と結婚（妻譲渡事件）

・洋服着用率上昇。女性の20%は洋服を着るようになる

・昭和初期から1935年（昭和10）頃まで伊勢崎銘仙、足利銘仙が隆盛を誇る。伊勢崎では1928～36年（昭和3～11）、女優の水谷八重子をポスターに起用

●1931年（昭和6） 45歳

4月、古川丁未子と挙式。5～9月、高野山に滞在

●1932年（昭和7） 46歳

根津商店倒産。根津松子との恋愛関係が始まる

●1933年（昭和8） 47歳

5月、丁未子と事実上離婚。6月、「春琴抄」『中央公論』。12月～翌年1月、「陰翳礼讃」『経済往来』

●1934年（昭和9） 48歳

3月、兵庫県武庫郡精道村打出に松子と住む。4月、松子が清太郎と離婚。11月、『文章読本』中央公論社

●1935年（昭和10） 49歳

1月21日、丁未子と正式に離婚。同月28日、松子と挙式。1～5月、「聞書抄」『大阪毎日新聞夕刊』・『東京日日新聞夕刊』。9月、松子との婚姻届を提出。9月、「源氏物語」の現代語訳開始

●1936年（昭和11） 50歳

1、7月、「猫と庄造と二人のをんな」『改造』

●1939年（昭和14） 53歳

1月～1941年7月、『潤一郎訳源氏物語』（全26巻）中央公論社。4月、長女・鮎子が結婚

●1940年（昭和15）

・奢侈禁止令が出て、着物の生産はストップする。「決戦です、すぐお袖を切ってください」という短袖運動もさかんになる

・第2次大戦により着物の生産は中止。伊勢崎銘仙は1939～51年（昭和14～26）まで作られていない

◉1942年（昭和17）56歳

「細雪」執筆開始

◉1943年（昭和18）57歳

1、3月「細雪」『中央公論』（以後、軍部の弾圧により掲載禁止）

◉1945年（昭和20）

・終戦。戦後の日常着は洋服が中心となり、着物は礼装用としての性格を強め、しだいに高級化する。

◉1947年（昭和22年）61歳

9月松子長女・恵美子を養女として入籍。11月「細雪」により毎日出版文化賞を受賞

・伊勢崎銘仙生産再開。モデルに女優の津島恵子を起用

◉1949年（昭和24）63歳

1月「細雪」により朝日文化賞を受賞。11月文化勲章受章

◉1951年（昭和26）65歳

5月～54年12月「潤一郎新訳源氏物語」（全12巻）中央公論社。11月文化功労者となる

◉1952年（昭和27）66歳

高血圧症のため静養することが多くなる

◉1955～65年（昭和30～40）

・高度成長期に西陣の帯地生産数量は2倍に増える。礼装中心に

◉1956年（昭和31）70歳

1、5～12月、「鍵」『中央公論』

◉1957年（昭和32）頃

・各銘仙産地でウールの着物に比重が移る

◉1959年（昭和34）73歳

右手が不自由になり、口述筆記となる

◉1960年（昭和35）74歳

この年ノーベル文学賞最終候補となる

◉1961年（昭和36）75歳

2月～翌年5月、「瘋癲老人日記」『中央公論』

◉1963年（昭和38）77歳

1月、「瘋癲老人日記」により毎日芸術大賞を受賞。6～9月、「雪後庵夜話」『中央公論』

◉1964年（昭和39）78歳

6月、全米芸術院・米国文学芸術アカデミー名誉会員となる。11月～翌年10月、『谷崎潤一郎新々訳源氏物語』（全10巻・別巻1巻）中央公論社。この年ノーベル文学賞候補となる

◉1965年（昭和40）79歳

7月30日、腎不全から心不全を併発し湯河原の自宅で死去。9月、京都市左京区鹿ヶ谷法然院に埋葬。11月、東京都豊島区染井墓地慈眼寺の両親の墓に分骨

ミルキィ・イソベ装幀、
山本タカト装画による造本も楽しい。

決定版『谷崎潤一郎全集』
中央公論新社より好評発売中

没後五〇年（二〇一五）、生誕一三〇年（二〇一六）と続いたメモリアルイヤーを記念して刊行された、『谷崎潤一郎全集』決定版全二六巻が完結した（中央公論新社・四六判函入）。

最新の研究成果を盛り込んだ解題と編年編集で、改稿の経緯や作風の変遷、創作の背景が一望できる。

谷崎の作家活動は五〇年以上に及ぶが、テーマや構成、文体など、一作ごとに工夫が凝らされ、マンネリ化することなく執筆しつづけた。代表作として文庫化されている以外にも宝石のような輝きを持つ作品があまたあるので、お気に入りを見つけるのも楽しいだろう。創作ノートや晩年の日記等の新資料も満載で、谷崎ファンならずとも必読必携の全集といえそうである。

アンティーク着物
Ponia-pon［ポニアポン］

ポニアポンは2003年にOPENしたアンティーク着物店です。東京・根津の古民家で大正末期から昭和中期までの着物を中心に、アンティーク・リサイクル着物を販売しています。とくに、大正ロマン、アール・ヌーヴォー、アール・デコなど当時の最新ファッションだった着物を数多く取り揃えています。2011年からは成人式、卒業式、花嫁衣裳、お祝い事などの着物レンタルにも力を入れています。

住所◉〒113-0031　東京都文京区根津2-8-2
TEL◉03-3821-6270
URL◉http://poniapon.com

交通◉東京メトロ千代田線　根津駅2番出口　徒歩1分

営業時間◉午前11時半から午後7時
定休日◉月曜日～木曜日（営業日　金・土・日・祝）
＊レンタル試着等は要予約。定休日でも対応しています。

着物提供・展覧会協力店（2016年2月現在）

◉灯屋2
〒151-0053 東京都渋谷区代々木5-58-1 KSビル1F
TEL：03-3467-0580
営業時間：午前11時～午後7時（日祝日は午前11時から午後6時）
定休日：水曜日

◉WING
〒104-0061 東京都中央区銀座1-13-1
TEL：03-3535-2115
営業時間：午前11時～午後7時
定休日：水曜日

◉LUNCO
〒171-0031 東京都豊島区目白3-14-8 1F
TEL：03-3954-3775
営業時間：午後0時～午後7時
定休日：無休（夏・冬休み有）

◉うさぎや
〒326-0812 栃木県足利市大門通2380-1
TEL：0284-41-1000
営業時間：午前10時～午後6時半
定休日：月曜日（祝日の場合営業）

◉ICHIROYA［ネット専門ショップ］
http://japan.ichiroya.com/
〒584-0025 大阪府富田林市若松町西1丁目1841-1 アジア商事ビル301
TEL：0721-23-5446

◉KImonoきゅーぴー［ネット専門ショップ］
http://www.net-qp.com/en
〒546-0022 大阪市東住吉区住道矢田5-3-22
TEL：06-6708-8811　FAX：06-6708-8822
営業時間：午前10時～午後5時
定休日：土日祝日

弥生美術館・竹久夢二美術館 紹介

弥生美術館は1984年(昭和59)、竹久夢二美術館は1990年(平成2)に開館しました。二館は渡り廊下で接続しており、入り口は一か所です。

弥生美術館は、高畠華宵をはじめとする大正から昭和30年代までの挿絵画家の作品を中心に展示、竹久夢二美術館は、夢二が〈大正ロマン〉と呼ばれる時代のイメージをつくった美人画やデザインの作品を展示しています。3か月ごとに年4回の企画展を開催します。

弥生美術館

所在地 | 〒113-0032 文京区弥生2-4-3
TEL：03-3812-0012(代)

竹久夢二美術館

所在地 | 〒113-0032 文京区弥生2-4-2
TEL：03-5689-0462(代)

交通 | **【東京メトロ】**
千代田線根津駅下車1番出口 または
南北線東大前駅下車1番出口
それぞれ徒歩7分

【バス】
JR御茶ノ水駅の聖橋より 東大構内行きバス
終点下車徒歩2分(当館は東京大学弥生門の前にあります)

開館時間 | 午前10時から午後5時(入館は午後4時30分までにお願いします)

休館日 | 月曜日(ただし祝日と重なる場合はその翌日)/年末年始(1週間)
*展示替えのため臨時休館することがあります。

入館料 | ※二館ご覧いただけます
一般…900円 大学・高校生…800円 中・小学生…400円
団体20名様以上…各100円引き

URL | http://www.yayoi-yumeji-museum.jp

協力者一覧（順不同・敬称略）

中央公論新社
灯屋 2
LUNCO
田中翼（Wing）
うさぎや
株式会社 QP
ICHIROYA
アンティーク着物愛好会
桐生正子銘仙コレクション
大西洋
加藤照彦
北野悦子
鹿海光子
鈴木美江
田中るり子
有限会社鉄樹
日向一郎
棟方良
生田誠
大塚製靴
セツ・モードセミナー
朝日新聞社史編修センター
邑口昌子
大谷みちよ
深津暢子

撮影：大橋 愛

参考文献

・『初昔 きのふけふ』
谷崎潤一郎著　1942 年　創元社

・『雪後庵夜話』
谷崎潤一郎著　1967 年　中央公論社

・『谷崎潤一郎文学案内』
千葉俊二編集　2006 年　中央公論新社

・『谷崎潤一郎伝――堂々たる人生』
小谷野敦著　2006 年　中央公論新社

・「谷崎潤一郎と画家たち――作品を彩る挿絵と装丁」
たつみ都志・永井敦子編集　2008 年　芦屋市谷崎潤一郎記念館

・「谷崎潤一郎――人と文学」
芦屋市谷崎潤一郎記念館図録　永井敦子執筆・編集　たつみ都志・監修　2013 年　武庫川女子大学出版部発行

・「谷崎潤一郎展――文豪に出会う」図録
2014 年　山梨県立文学館編集・発行

・「谷崎潤一郎展」図録
1998 年　公益財団法人神奈川文学振興会・理事長中野孝次編集　県立神奈川近代文学館・公益財団法人神奈川文学振興会発行

・「没後 50 年 谷崎潤一郎展―― 絢爛たる物語世界」図録
2015 年　公益財団法人神奈川文学振興会編集　県立神奈川近代文学館・公益財団法人神奈川文学振興会発行

・『きもの文様図鑑』
長崎巌監修　弓岡勝美編　2005 年　平凡社

・『日本の傳統色 その色名と色調』
長崎盛輝著　1997 年　京都書院

・『日本の伝統色』
浜田信義編　2011 年　パイインターナショナル

＊ 谷崎潤一郎作品の抜粋文は、愛読愛蔵版『谷崎潤一郎全集』（1981～ 83 年［昭和 56～ 58］中央公論社）を参照いたしました。掲載にあたっては、一部仮名遣いを現代仮名遣いに、漢字は新字体にあらため、適宜ふりがなを補いました。また、原文を損なわない範囲で一部の漢字を仮名に改めました。

＊ また本文中、今日の観点からみて差別的と受け取られかねない表現がありますが、作品発表時の時代的背景を考慮し、原文のままといたしました。

＊ 掲載図版のうち、著作権者ご連絡先不明のものがあります。ご存知の方は、編集部までお知らせください。（編集部）

[編著者紹介]

大野らふ（おおの・らふ）

Ponia-pon 店主。スタイリスト、ライター。

『東京新聞』で 2014 ～ 2015 年、コラム「アンティーク着物でお出かけ」を連載。

著書に『振袖 & 袴の大正ロマン着物帖』等がある。

中村圭子（なかむら・けいこ）

弥生美術館学芸員。
おもな編著に『魔性の女挿絵集』『やなせたかし』『日本の「かわいい」図鑑』
『昭和美少年手帖』『昭和モダンキモノ』
『日本の妖美 橘小夢画集』（河出書房新社）など多数。

新装版
谷崎潤一郎文学の着物を見る
耽美・華麗・悪魔主義

2016 年 3 月 30 日　初版発行
2019 年 2 月 18 日　新装版初版印刷
2019 年 2 月 28 日　新装版初版発行

編著者　大野らふ＋中村圭子
発行者　小野寺優
発行所　株式会社河出書房新社
151-0051　東京都渋谷区千駄ヶ谷 2-32-2
電話　03-3404-1201（営業）
03-3404-8611（編集）
http://www.kawade.co.jp/
装幀・レイアウト　松田行正＋日向麻梨子
印刷　凸版印刷株式会社
製本　大口製本印刷株式会社
Printed in Japan

ISBN978-4-309-75035-4
落丁本・乱丁本はお取り替えいたします。